U0087567

在夜空中綻放星星

夜に星を放つ

窪美澄

王蘊潔——譯

contents

深夜的酪梨

不知道酪梨種子會不會發芽？

也許是去年春天爆發新冠肺炎疫情的關係，導致有一段時間全民都必須居家自主管理，我的腦海中才突然閃現這個疑問。那時候，公司很快就實施了遠距工作模式，要求大家盡可能宅在家，避免非必要、非緊急的外出。很長一段日子，唯一能見到的，就是電腦螢幕中的公司同事。

終於不用每天去擠像沙丁魚罐頭的電車了，太棒了！這種想法只維持了一個星期，隨著日子一天一天過去，漸漸產生這種生活如同遭到囚禁的想法時，櫻花已經開了又落，但我甚至無暇關心這種事，整天在家工作，渾渾噩噩地過日子。新冠肺炎太可怕，所以只有去超市或是便利商店是唯一出門兼透氣的機會。

雖說是遠距工作，但不是在公司上班，整個人都不太對勁。經過這次的自主管理，才終於意識到在午餐時間和同事閒聊，或是下班後和同事一起去小喝一杯，是我生活中放鬆和紓壓的管道。雖然不至於到新冠憂鬱的程度，但身心狀況都不太理想，心情也有點鬱悶。那天準備把早餐吃的酪梨種子丟進垃圾桶時，突然想到，如果把種子拿去種，應該可以長大吧？

我立刻用手機查了讓酪梨種子發芽的方法，雖然也有種在泥土裡的方法，但我覺得太麻煩，毫不猶豫選擇了水耕栽培。只要用幾根牙籤插在酪梨種子側面撐住，然後浸泡在裝水的杯子中就搞定了。每天都要換水，放在可以照到陽光的地方，這麼簡單的方法，我也可以做到。只不過我是可以把觀葉植物都種死的「黑手黨」，而且看到網路上的文章提到，酪梨種子可能無法順利發芽，但我覺得無所謂。

我把裝著酪梨種子的杯子放在工作桌上的顯眼位置，雖然隱約覺得酪梨好像在監視我，但那時候的我很需要這樣的東西，需要這種也許可以清楚看到慢慢成長、有點像是生命源泉之類的東西。雖然我持續換水，酪梨種子卻完全沒有任何變化，但我仍然很勤快地為種子換水，同時告訴自己，也許明天就會有某些變化。

工作的空檔、工作結束時（有時候甚至是工作的時候），我都會確認LINE或是通訊軟體是否有訊息。在公司同事的群組內，看到有人問「會不會覺得遠距工作有點提不起勁？」我回覆對方「我也覺得」的同時，也會順便確認一下訊息。一天確認好幾次，想知道麻生有沒有傳訊息給我。

半年前，我開始用交友軟體找男友。我覺得他看起來不錯，去年冬天總算配對成功，然後我們開始聊天。在新冠肺炎進入全民自主管理期之前，我們曾經相約吃過兩次飯。麻生比我大兩歲，今年三十四歲，是自由程式設計工程師。雖然實際見面時，發現他的臉和簡介上的照片完全不像，但也許我也好不到哪裡去，而且他吃飯的樣子很斯文，身上的衣服雖然和時尚無緣，但很清爽，沒有那種情場老手的感覺也深得我心。他並沒有虛報身高，戴眼鏡也很好看，不會像其他人那樣，吃完飯就說要去摩鐵。

也許我和他可以順利走下去。原本還這麼以為，沒想到就進入了全民自主管理期。雖然我們用ＬＩＮＥ聊了一陣子，但之後經常聊到一半，他就說「不好意思！我臨時有緊急的工作要忙，改天再和妳聯絡」。我是上班族，所以不太了解自由業的人口中的忙碌是什麼狀況，於是就回覆「那我等你的聯絡」這個不知道是對還是錯的訊息，之後就有點漸行漸遠了。正覺得這段關係可能沒戲唱了，自主管理期宣告結束，恢復了像以前一樣去公司上班的生活。於是我和麻生又相約見面，只是雙方都戴上了口罩。

「你在自主管理期間都在忙什麼？」我問他。

「整天都是工作、工作，生活中就只有工作。」

雖然麻生這麼說，但我猜想他可能和交友軟體上配對的其他人見了面。在交友軟體上認識的其他人也很多都是這樣，我以前也一樣，但是在認識麻生之後，我就沒有再和其他人約見面了，因為我希望可以和他認真交往。麻生拿下眼鏡，揉著眼角的疲憊樣子讓我有一種心動的感覺，但我告訴自己，如果用情太深，萬一最後無法順利交往，就會很痛苦。不知道麻生對我有多大的興趣？喜不喜歡我？真希望可以知道答案。當我在為這些問題煩惱時，酪梨的種子仍然浸泡在杯子的水中，完全沒有任何變化，我賭氣地繼續換水。

我和麻生每個月見兩、三次，在梅雨季節結束時，我第一次去了他家。他住的公寓位在東京西部的近郊，也許是因為在家工作的關係，所以他租了空間比較寬敞的兩房一廳。他說工作的房間很亂，所以沒有讓我參觀，但家具和燈具都不是無印良品或是宜得利家居的商品，而是比較高級的北歐風。我忍不住俗氣地想，原來自由程式設計工程師的收入不錯。我原本以為男人邀女人去家裡，女人答應去男人家裡就是那麼一回事（也就是願意和對方上床），沒想到麻生只是用心地泡了咖啡，然後和我一起坐在沙發上，完全沒有任何動靜。正確地說，我們接了吻，但隔著口罩。我不知道可不可以說是，我們隔著口罩接了吻。他讓我在整理乾淨的洗手台洗了手，也在他的同意下漱了口，但不知道為什麼錯過了拿下口罩的機會。麻生也一樣。

「綾，我喜歡妳。」

接吻之前，麻生對我說。因為戴著口罩，所以聲音悶在口罩裡。

「我也喜歡你。」

說完，我握住了麻生的手。在我握住他手的瞬間，我可以感受到他繃緊了身體。啊，不妙。我腦海中閃過這個念頭時，再次意識到他真的不是情場老手。即使如此，三十二歲的我，仍然希望盡可能和麻生交往久一點，如果未來能夠和他結婚就好了。

在熱死人的夏天開始時，酪梨種子的底部裂開，冒出了好像白色根鬚般的東西。我欣喜若狂，酪梨在不知不覺中長大了，這是天大的好預兆。我覺得酪梨似乎在對我說，我和麻生的交往會很順利。

暑假時，我和麻生一起去海邊住了一晚。

「我好想去透透氣，不管去哪裡都好。」我用ＬＩＮＥ傳了訊息給他。

「這種時候，當然要去海邊。」他這麼回覆。

盛夏的海邊，在豔陽下戴口罩真的很痛苦。呼吸很淺，也很急促，而且化得美美的妝也花了，但夏天的海邊很熱鬧，即使新冠肺炎大流行，到了夏天，大家還是想去海邊。我們在海岸大道旁的鬆餅屋吃了鬆餅，在海灘上戲浪，我很自然地挽著麻生的手，他也不再繃緊身體。不管有沒有新冠肺炎，夏天就是夏天，大海就是大海，只是生活在地球上的人的生活發生了改變而已。

我和麻生並排坐在海岸看夕陽，兩人之間有一點距離。

「不知道口罩要戴到什麼時候。」

我脫口問道。

「我想可能一直要戴，以後也需要戴口罩，而且不知道什麼時候又要開始全民自主管理。」

麻生回答。

「好討厭……」

這是我發自內心的真心話。我為什麼會生在這個時代？我忍不住詛咒自己運氣太差。如果無法和麻生交往，在之後的新冠時代，我要怎麼談戀愛？要繼續戴著口罩？還要保持社交距離？這樣真的有辦法談戀愛嗎？宛如巨大橘色糖果般的夕陽漸漸消失在海平面，天色也暗了下來。我沉默不語，麻生對我說道。

「我們來玩，我帶了這個。」

他把手伸進背包，拿出一捆仙女棒，同時他也準備了打火機。他小心翼翼撕開裹著仙女棒的紙，遞給我一根。他為我點了火，看著啪嘰啪嘰四濺的火花，我想起小時候的事。簷廊、敲破西瓜、浴衣、煙火……以及總是坐在我身旁的小弓。小弓總是轉著仙女棒，用煙火畫出一個又一個圓圈。

「我是雙胞胎。」

我脫口說道。

「啊？是嗎？我以前都不知道。」

麻生拿著仙女棒，一臉驚訝地看著我。

「嗯，我們是同卵雙胞胎，我是姊姊，我們的長相和身材都很像，如果我妹妹在這裡，你一定分不出哪一個是我。但是，她在兩年前突然死了。」

我用輕描淡寫的方式說出最後一句話，表示並不值得大驚小怪。

「……這樣啊。」

「外人聽到這種事，一定會覺得很沉重吧。對不起。」

「幹嘛道歉？謝謝妳告訴我。」

麻生似乎想說什麼，但又突然吞吐起來。說句心裡話，我也很想知道一個他的秘密，但是最後他什麼都沒說，只是用力握著我的手，但光是這個動作就讓我高興不已。這是我第一次把小弓的事告訴透過交友軟體認識的人，因為對我來說，小弓是我在這個世界上最重要的人，我希望麻生知道小弓的事。

那天晚上，我們躺在涼涼的床上裸體相擁。麻生在床上也有點戰戰兢兢，但我喜歡他的這種生疏。他的手指觸摸我的身體時顫抖著，我忍不住懷疑「這該不會是他的第一次？」但我不可能問這種事。他在雲雨時皺起的眉頭和下巴的線條，都讓我覺得很性感，同時也意識到自己真的很喜歡他。

深夜時，我不習慣有人睡在我旁邊，遲遲無法入睡，於是我放棄睡覺，來到露台上。天色太黑，看不到遠方的大海，但像是海浪的低鳴聲不絕於耳。天空中的星星宛如撒了一把玻璃珠，雖然有特別明亮的星星，但我不太了解天文，完全不知道哪裡有什麼星或是什麼星座。猛然回過神，發現麻生站在我旁邊，我覺得他也因為我在旁邊的關係，所以睡不著。

「不知道能不能看到雙子座。」

我仰望夜空問。

「雙子座只有冬天才能看到，目前最亮的那一顆是織女星，斜下方的是天津四，再下面的是牛郎星，這三顆星連在一起就是夏季大三角……」

「咦？你為什麼知道得這麼清楚？」

「因為我在高中時參加了天文社。」

「是喔，很像是你會參加的社團。」

「什麼意思？」

麻生問，我們兩個人都笑了起來。

「北河二和北河三。」

「那是什麼？」

「就是冬天可以看到的雙子座的星星名字，兩顆星會在一起發亮。」

「……我死去的妹妹叫小弓。」

「所以那兩顆星就是妳和小弓，等到冬天的時候，如果看到雙子座，我再告訴妳。」

麻生在盛夏時和我約定冬天的事令我雀躍不已。

「我說……」
麻生欲言又止。
「什麼？」
我看著麻生的臉。黑暗中，他的臉看起來有點緊張。
「嗯……改天再說。」
「如果你願意對我無話不說，我會很高興，我也把這麼沉重的事告訴了你。」
「嗯，以後一定告訴妳。」
「一言為定。」
我們相擁接吻。雖然我並非不好奇麻生的秘密到底是什麼，但是那天晚上，我想要把不祥的預感塞去內心深處，因為我們現在的關係很好，以後也一定可以相處愉快。至少在麻生說要告訴我雙子座的冬天來臨之前不會有問題，我這麼告訴自己，在他的臂彎中聽著他的心跳聲。

夏去秋來，迎來冬天之後，我和麻生仍然是情侶，而且持續交往。雖然他沒有告訴我那個秘密，但我覺得如果他不想說，就希望他永遠不要說。

新冠肺炎的感染人數持續攀升，不知不覺中，二〇二〇年就快結束了。

「因為疫情關係，今年過年妳不回來沒關係。」住在島根的父母這麼對我說，於是我新年就留在東京。麻生的老家就在東京，他說新年要回老家過年，於是我聖誕節去了他家，除夕改為他來我家。我們的交往幾乎可說是一帆風順，麻生的個性很溫和，我們從來沒有吵過架。我忍不住深有感慨，即使疫情爆發，人還是會戀愛，還是會上床。每次覺得自己和麻生在一起很幸福，就會想起小弓，也許是因為元月七日是小弓忌日的關係。除夕晚上，紅白歌唱大賽開始時，麻生就離開了。

「明年見。」

麻生在玄關穿球鞋時說。雖然我覺得明天就是明年，但想到他明年仍然打算和我見面，就覺得很開心。

「嗯，明年也請多指教。」

我在玄關鞠躬說道，麻生笑了起來。

隔天元旦，我打電話給在島根的父母，也傳了ＬＩＮＥ給麻生。

雖然他遲遲沒有已讀，但我告訴自己，他在老家應該很放鬆自在。

臥室矮櫃上的小弓照片旁，放著我在年底時買的白色百合花。百合新鮮的香氣撲鼻，但昨天麻生在的時候，我竟然完全沒有聞到。百合的香氣總是讓我想起小弓的葬禮。

小弓死於腦出血。一月七日，新年剛結束，她在職場昏倒，就這樣離開了。如果她活到那一年夏天，就滿三十歲了。至今已經過了三年，但我仍然完全無法接受這件事。我猜想我的父母也一樣，雖然他們對我說，因為疫情的關係不用回去，但我認為其實是他們只要看到我，就會想起小弓，我過年不回家，父母內心應該會鬆一口氣。父母養育我長大，也很愛我，我對父母沒有任何不滿，但小弓的死，的確導致我和父母之間出現了一道肉眼看不到的鴻溝。

同卵雙胞胎妹妹小弓英年早逝，但既然小弓是因為那樣的原因去世，我這個姊姊也不能完全排除發生相同狀況的可能性。每次想到這件事，就害怕得想哭，所以我很希望趕快結婚生子，總覺得這樣就可以延長壽命，於是在小弓去世之後，我迷上了交友軟體。

如果我現在染疫，可能馬上就會死，但是除了戴好口罩、勤洗手、勤漱口，不去人多的地方以外，沒有其他預防措施，也不知道還能做什麼。小弓來不及知道新冠肺炎改變了整個世界就死了，我工作壓力大到想死的時候，有時候忍不住會想，小弓，幸好妳已經死了。但是這個世界上，有比小弓離開更悲傷的事嗎？

我們從出生的時候開始就形影不離，雖然讀不同的大學，畢業後也進入不同的公司，但來到東京後很長一段時間，我和小弓都一直住在一起。小弓在大學畢業、找到工作之後，決定和交往多年的大學同學村瀨同居，才搬離和我同住的公寓。我也搬了家，在小弓去世之後，仍然持續住在原來的地方。村瀨目前也還住在之前的租屋處，小弓離開之後，每個月有幾天，我和村瀨都會相約一起吃飯，但疫情爆發之後，也就不了了之了。

不知道村瀨最近在忙什麼……我在想這個問題時，接到了FaceTime的來電。我原本躺在沙發上，立刻坐了起來，戴上了眼鏡。我以為是麻生，沒想到是村瀨。手機螢幕上出現了村瀨的特寫，他頭頂上的頭髮都翹了起來，我也穿著滿是毛球的居家服，但我覺得既然是村瀨，那就沒關係。

「妳剛才是不是在睡覺？」

村瀨面無表情地問。他每次都這樣。
「沒有，只是有點迷迷糊糊。」
「最近還好嗎？」
「馬馬虎虎。」
「戀愛生活呢？」
「也差強人意。」
「最近有沒有踩到地雷？」
「我也不知道……搞不好目前的對象就是地雷。」
「噢哈哈哈。」村瀨聽了我的話，張大嘴巴大笑起來，但我並沒有笑。之前有一個透過交友軟體認識的人整天埋伏在我的公司和住家，簡直就像跟蹤狂，我曾經把這件事告訴村瀨。那個人甚至在深夜來我家，我隔著門大聲說：「我要報警了。」那個人才終於知難而退。

「新年快樂。」

我對村瀨說，他停頓了一下說道。

「……嗯，新年快樂。」

一個星期後就是小弓的忌日，也許對村瀨來說，新年並不是什麼喜慶的日子。我起初也和他一樣，只是漸漸麻木了，而且也開始覺得不需要無視對別人來說喜慶的新年。雖然內心也有一絲抵抗，覺得自己在迎合別人。

村瀨清了清嗓子說道。

「這個月的忌日要不要約吃飯？目前疫情持續，我們就保持社交距離吃飯，而且時間控制在一個小時以內。」

「好啊……如果時間不會很長，那就速戰速決，一起吃個飯。」

「ＯＫ，還是去那家店可以嗎？」

「嗯，沒問題。」

我們討論了時間，約定在新年過後見面。

吃飯那一天，村瀨比我早到，坐在不知道什麼時候增加了塑膠隔板的吧檯前。他看到我走進餐廳，露出了凝望遠方的透明眼神。啊啊，他看到我的臉，想起了小弓。我這麼想著，把脫下的大衣交給服務生，在村瀨身旁坐了下來。我們差不多一年沒見面了，原本就圓圓胖胖的村瀨似乎變得更圓了。

「因為時間不多，所以我們必須吃快點。」

村瀨說完，俐落地點了啤酒，給不喝酒的我點了烏龍茶，還有串燒和配菜。

這一天，政府又發布了緊急事態宣言，平時向來很熱鬧的這家店生意冷清，除了我們以外，只有兩桌大叔客人，所以酒和菜餚都很快送了上來。

「那就先為弓乾杯。」

村瀨說著，舉起了啤酒杯。

「然後為生活在疫情時代的妳和我乾杯。」

我們移開口罩，各自喝了起來。

村瀨在文具公司的業務部門上班，但我們從來沒有聊過彼此工作的事。以前小弓還活著的時候就這樣，小弓去世之後，我們的話題始終圍繞著小弓。村瀨用像奶油麵包般的手拿起筷子，靈活地夾起醃菜放進嘴裡，發出嘎滋嘎滋的聲音。小弓在讀大學時把村瀨介紹給我認識時，我發現她喜歡的男生從小到大都沒有改變過。她和我喜歡的類型完全相反，從小就喜歡像熊一樣圓滾滾的人，我喜歡瘦瘦高高的男生。我們兩個人都不注重外貌，但如果可以，都很希望男朋友是好脾氣的人。像熊一樣的村瀨總是把小弓捧在手心裡，看到村瀨對小弓這麼溫柔體貼，我也很欣賞他這個人。因為我每次談戀愛都很短命，所以很羨慕小弓可以和村瀨穩定交往多年。

我三十歲就要結婚。小弓生前經常把這句話掛在嘴邊。

我也毫不懷疑小弓和村瀨會結婚。

我不經意地轉頭看向坐在我右側的村瀨的臉。小弓死後，我和村瀨都撐過了三年的歲月，但村瀨似乎老了更多。也許我自己也一樣，當親近的人去世之後，很可能會一下子老很多。這麼一想，就對突然死去的小弓感到有點生氣。我問村瀨。

「你不再談戀愛了嗎？」

「為什麼突然問這個問題？」

「你現在沒有女朋友嗎？」

村瀨喝了一口啤酒後回答。

「沒有，完全沒有。」

「在公司或是其他地方也沒有遇到心儀的對象嗎？」

「嗯……」

「是不是該放下了？你可以試試交友軟體，或是其他的方法。」

「我沒辦法像妳這樣主動出擊。」

村瀨在說話時，抱起了雙臂。

「更何況疫情也很可怕……」

「如果介意這種事，根本沒辦法談戀愛，然後就在不知不覺中變成老人。」

「但是……」

看到村瀨一臉為難的表情，我覺得自己好像在欺負他，但還是繼續說了下去。

「你還沒有放下小弓嗎？」

村瀨聽了我的問題，用力抿起嘴唇，微微低著頭。在我們眼前烤的串燒冒出了很大的煙，我有點擔心自己身上這件很喜歡的針織衫會沾到油煙味。我這麼想著，靜靜等待村瀨的回答。

「怎麼可能這麼輕易忘記這輩子第一次交的女朋友？因為她就那樣突然……」村瀨並沒有把「死了」這兩個字說出來，但我知道他想要表達的意思。

我改變了話題，向他抱怨工作、聊交友軟體（但並沒有說麻生的事），和正在種酪梨種子的事。

「酪梨喔！一旦發芽之後就長很快，到時候會沒地方放。弓以前讀大學的時候也種過，那次在我家，突然說要種酪梨。」

我第一次聽說小弓種過酪梨這件事。我這麼想著，對村瀨說道。

「我應該沒辦法養這麼大，我並不是能夠把植物養好的綠手指，而是很擅長把植物種死的黑手指。」

「妳和弓一樣，那次種的酪梨也在不知不覺中枯死了。」

村瀨說完這句話，再次陷入了沉默。雖然他完全不是我喜歡的類型，但對我來說，他就像是家人。如果他和小弓結婚，就是我的妹婿，所以我很希望村瀨能夠振作起來，希望他一切平安。

「下個月要不要再見面？也像今天這樣速戰速決。」

「那就這麼辦……啊，時間差不多了，麻煩幫我結帳。」

村瀨拿出皮夾，叫著老闆。我們見面聊了剛好一個小時。我把差不多一半金額的錢交給他，他看著我肩膀的位置問我。

「妳不剪頭髮嗎？」

「因為現在去髮廊有點可怕，所以一直都沒去剪。」

「是喔。」村瀨說話時，很不自然地從我身上移開視線。

我猜想他覺得我很像小弓。小弓從小就留長髮，我一直都是短髮，否則別人分不清楚我們誰是誰。疫情開始之後，就一直沒剪的頭髮已經超過肩膀，差不多到鎖骨的位置。最近我每次在洗手台照鏡子時都會嚇一跳，以為看到了小弓，所以在家的時候都會隨手拿橡皮圈綁起來。聽了村瀨的提醒，我覺得該去剪頭髮了，就趁這個週末把頭髮剪短吧。我在推開居酒屋陳舊的門時這麼想，然後又思考著不知道麻生喜歡哪一個我。新年過後，我們都只用ＬＩＮＥ聊天。

「最近工作又超忙。」每次麻生這麼說，我都不知道該怎麼回答。

「那就下個月見。」

村瀨說。

「嗯，下個月見。」

我回答道。我們在居酒屋前道別，我站在原地，目送村瀨回家的背影。他的腳步有點蹣跚，雖然我有點擔心，但也不想送他回家。我用圍巾裹住脖子，獨自回到自己的租屋處。

下個月，我和村瀨又約在同一家居酒屋吃飯一個小時。

這既不是約會，也和朋友的聚餐不一樣，而是追悼會。第二次自主管理生活後，又開始遠距工作，對整天渾渾噩噩過日子的我來說，和村瀨見面很紓壓。我無法和別人（包括麻生在內）聊小弓的事，但和村瀨在一起時可以聊得很盡興，簡直就像在聊還活著的人的八卦。小弓每次喝了酒之後睡覺就鼾聲如雷（我不會喝酒，也不會打鼾）；她的廚藝讓人不敢恭維（我在這件事上沒什麼資格說小弓）；每次看到貓出現在巷子裡，她就會咂舌頭發出聲音，然後叫「喵咪、喵咪」（我也一樣）。對我和村瀨以外的人來說，都是無關緊要的事，但這樣就足夠了。

我不曾有過情人突然死去的經驗，所以無法體會村瀨的心情，村瀨也永遠無法了解我失去雙胞胎妹妹的心情，但是我們都失去了重要的人。這件事對我們都產生了很大的影響，而且因為影響太大，所以對於除了自己以外，還有其他人有相同的體驗感到鬆了一口氣。並不是只有自己一個人深陷痛苦，每次想到這件事，就覺得不會墜入黑暗，能夠繼續活下去。

但是我完全沒有想要依賴村瀨的想法，而且我在內心決定，只有每個月和村瀨見一次面的時候，才敞開心房聊小弓的事。因為我有點後悔之前把小弓的事告訴麻生。即使再怎麼喜歡對方，向對方傾吐自己人生中發生的重大事件，等於在要求對方為自己扛起一半的重擔。

麻生當時應該也嚇了一跳。在夏日的海岸，當我突然開口向麻生提起小弓的事時，麻生是不是有點掃興，有點錯愕？所以最近在LINE聊天時，他總是隔很久才回覆……

和村瀨見面的那天晚上，我在家裡吹乾頭髮時，想起小弓之前說的話。那是我們都開始工作的第一年的黃金週某一天，我去了村瀨和小弓的家，訂了披薩後大家一起吃吃喝喝（我喝可樂）。村瀨說還沒喝夠，於是出門去便利商店買酒。小弓已經有了幾分醉意，臉已經通紅。雖然是五月，但那天很熱，只是還不至於需要開冷氣。我和小弓打開落地窗，一起躺在木頭地板上，默默看著白色窗簾被夜風吹起。

「妳不要搶走村瀨。」

小弓突然這麼說。

「啊？我怎麼可能搶他。妳為什麼說這種話？我和妳喜歡的類型根本不一樣。」

小弓仰躺著，在頭頂上方用力伸直手臂，她原本就很瘦的身體變得更薄，簡直就像嵌進木頭地板中了。

「不可能！」

說完，我輕輕踢了小弓的大腿。

「小綾，因為妳的心很軟。」

「怎麼可能？」

我至今仍然搞不懂小弓為什麼會說這種話，但是不是因為小弓死了之後，我仍然和村瀨見面，才會突然想起這件事？小弓的嫉妒心很強，所以很有可能是這個原因，只不過我和村瀨之間真的不可能有任何發展。我一邊吹頭髮，一邊看向手機。雖然我和麻生持續用ＬＩＮＥ聊天，但麻生的回覆就像間歇泉般時有時無，最後一次接到他的訊息是一月底，還是那句老話——「對不起，我目前手上工作很忙！等忙完這一陣子再和妳聯絡」，之後就杳無音信。除夕之後，我就沒有再和他見面。繼續這樣下去，我是不是該換其他人了……我明明很喜歡麻生，但寂寞讓我產生了動搖，只不過在交友軟體上開始和別人聊天也很麻煩，而且我更害怕一旦和別人開始聊天，至今為止和麻生之間建立的關係就會應聲崩潰。

一頭長髮很難吹乾，而且竟然在鏡子中看到了小弓。我發自內心覺得不應該這樣去和村瀨見面，於是當場拿起手機，預約要去髮廊剪頭髮。

「幫我剪短。」

我對熟識的美髮師說。

「啊?真的嗎?真的要剪短嗎?」

美髮師戰戰兢兢地開始為我剪頭髮。只聽到剪刀發出咔嚓咔嚓的聲音,一撮撮頭髮從白色理髮衣上滑落。當臉和脖子暴露在髮廊的自然光下,我不得不承認,自己真的變老了。我不知道三十二歲算是年輕還是已經不年輕,但我很想結一次婚看看。我並不想穿婚紗,或是戴上昂貴的結婚戒指,只希望能夠遇到一個人,彼此都很喜歡對方,想要和對方一起生活。希望這個人就是麻生,但是,如果無法如願……

「哇!變年輕了!感覺很不錯!」

美髮師用髮油整理我的頭髮時大聲說道。雖然可能只是奉承，但我仍然很高興。鏡子中的自己不是小弓，而是小綾，有一種終於找回自己的感覺。雖然我完全忘記在這種嚴寒季節剪短髮會很冷，但很想頂著這個髮型和麻生見面，很想讓他看看我的新髮型，於是就傳了LINE給他。他已讀不回。是不是工作很忙？真難過。我這麼想著，從髮廊回家的路上買了一塊草莓蛋糕。在吃蛋糕之前，先供在小弓的照片前，但只有短短五分鐘而已。接著，我花了一點時間，用心泡了咖啡，獨自在自己家中，吃著為自己而買的蛋糕。奶油很甜，草莓很酸，宛如人生的寫照。

我突然看向酪梨種子的杯子，種子的頂部冒出了小小的綠色嫩芽。「哇！」我情不自禁叫了起來，用手機從各個角度拍了照。夕陽從敞開的窗簾照了進來，陽光穿越杯子，在牆上變成七彩的光。我把酪梨的照片傳給了村瀨和麻生，村瀨立刻回覆我。

「太好了！」

麻生沒有回覆，也沒有已讀。到底怎麼辦才好呢？我用字不正、腔不圓的關西話嘀咕著，把最後一口蛋糕放進嘴裡。

我遲遲無法讓麻生看到我的新髮型，渾渾噩噩過日子的週末電車上，發生了那件事。

電車上傳來嬰兒的哭聲。老實說，我不太喜歡嬰兒的哭聲，但也不願意表現在臉上。只不過戴著口罩，即使在口罩下露出不悅的表情，別人應該也看不出來。我不想像旁邊抓著吊環的大叔那樣，一臉「吵死了，到底是怎麼回事？」的表情看向嬰兒的方向，但是那個嬰兒一直哭不停，我終於也不耐煩起來。在這麼擁擠的電車上，難道不擔心嬰兒會被感染嗎？大人可以抱著嬰兒下車，等嬰兒不哭之後再搭車就好。我內心產生了這樣的想法，忍不住看向嬰兒的方向。

然後就看到了。我看到了麻生。麻生穿著在除夕那天穿的黑色羽絨衣，放在腿上的黑色背包也很眼熟。他身旁坐著的長髮女人手上抱著放聲大哭的嬰兒，即使從遠處看，也可以發現她是性感美女，完全不像是生過孩子的人。雖然女人把嬰兒抱在手上搖晃著，但嬰兒仍然哭個不停。我的心好像被針刺了一下疼痛不已。我一次又一次告訴自己，當作沒看到就好，可能是麻生的姊姊和她的孩子。但是坐在那對母子旁邊的麻生拿著嬰兒玩具，在嬰兒面前搖晃哄著。如果是弟弟，會這麼做嗎？我告訴自己不要一直盯著他們看，但視線無法從麻生身上移開。麻生和抱著嬰兒的女人站了起來，這裡是要換地鐵的車站，只要搭地鐵，就可以去麻生家。哇啊啊啊啊，我來不及多想，就跳下了電車。

走在通往地鐵的地下通道上，我緊跟著麻生和抱著嬰兒的女人，以免跟丟了。雖然即使追到了，也不能怎麼樣，但我還是追了上去，甚至差一點撞到邊走路邊看手機的男人。

「對不起！」

我大聲向那個男人道歉，但仍然可以看到對方口罩上方的眼睛帶著怒氣。如果不趕快追上去，他們兩個人（正確地說，其實是三個人）就要走進地鐵車站的檢票口了。雖然我不知道自己想幹什麼，但還是追了上去。他們兩個人在檢票口前停了下來，女人正在拿自動檢票系統使用的ＰＡＳＭＯ卡之類的卡，他們正站在檢票口旁。這時，我忍不住大叫了一聲。

「麻生先生！」

麻生沒有聽到，於是我繼續走過去大叫一聲。

「麻生先生！」

戴著口罩的麻生發現了我。我看不到他的表情，但他的眼睛瞪得很大，他身旁的女人也發現了我。

「這是怎麼回事？」

這是我原本想說的話，但我並不想在這種人來人往的地方對麻生興師問罪。我對麻生，不，是對那個女人說道。

「麻生先生在工作上幫了我很多忙。」

我在說話時，看向女人抱在手上的嬰兒。那個嬰兒和麻生根本就像是一個模子裡刻出來的，戴著藍色毛線帽的嬰兒八成是男孩。如果這個女人和麻生是姊弟，嬰兒也會像麻生，只不過不會像得這麼離譜。而且如果那個女人是麻生的姊姊或妹妹，麻生應該會馬上對我說「這是我姊姊」或是「這是我妹妹」。我沒有看一言不發的麻生，也沒有看女人的臉，自顧自地說道。

「今年也請多指教。」

當我抬起頭時，發現只有嬰兒看著我。嬰兒把小拳頭塞進嘴裡，嘴巴旁邊滿是口水。

「真可愛。」

我說。

「三個月了。」

我根本沒問，女人就笑著告訴我。雖然因為戴著口罩，我不知道她的長相，但只要看眼睛就知道，她是明眸皓齒的美女。我在這麼想的同時，又在腦袋深處開始盤算，我和麻生是在前年冬天開始聊天，所以……麻生什麼話都沒說，我也沒有理由繼續站在他們面前。我鞠了一躬，轉身離開了。

我深受打擊，明明不會喝酒，卻在回家的路上去便利商店買了兩罐大罐的調酒Strong Zero。回家後沒有洗手，也沒有漱口，連大衣也沒脫，只是稍微拉下口罩，就拉開了罐裝調酒的拉環。雖然酒灑在了地上，但我才管不了那麼多。我仰頭喝了一大口，頓時覺得好像有一顆火球掉進了胃裡，但我仍然什麼都沒吃，繼續喝著酒。然後蹲了下來，用LINE傳了訊息給麻生。

「這是怎麼回事？」

「你有太太嗎？」

「而且還生了孩子嗎？」

「你隱瞞這些和我交往嗎？」

此時此刻，麻生手機的LINE訊息聲應該響個不停，或是震動不已，但他遲遲沒有看訊息。我把手機丟在沙發上，穿著大衣，躺在地上。醉意從雙腳蔓延到全身，只有額頭特別燙，但並不是感冒，而是喝醉的關係。

我不經意地看向桌子，發現杯子中的酪梨長出了一對葉子。什麼時候長出來的？之前我每天都換水，但後來變成兩天換一次、三天換一次，有時候甚至忘了上次換水是什麼時候。對酪梨的強烈好奇心與日遞減，在我期盼麻生遲遲沒有傳來的訊息、在我把頭髮剪短的時候，酪梨自顧自地茁壯成長。我突然有點恨酪梨，竟然神不知鬼不覺地……腦海中閃過一個殘酷的念頭，想把酪梨芽摘掉。我用大拇指和食指抓著那對葉子，手指用力。之前曾經在某篇報導中看到，植物也有感情，如果確有其事，酪梨現在應該在驚聲尖叫。

我想起了像小弓那樣英年早逝的人。好人不長命，或是小弓真是紅顏薄命，因為長得太漂亮，所以才會被神明召喚。葬禮的時候，很多人對我說了很多類似的話，雖然他們是為了安慰我，但完全無法安慰到我，我只覺得他們根本在鬼扯。但是，也許天上真的有掌握人類壽命的神明，也像這樣摘掉了小弓的生命……這麼一想，就無法繼續傷害那對葉子。小弓已經離開我了，我和麻生之間也完蛋了。想到這裡，淚水不停地湧了出來。

我花了很長時間喝完剩下的酒，但好不容易才喝完一罐。當我回過神時，發現已經來到村瀨家門口。面對馬路的二樓廚房的燈亮著，我撿起地上的小石頭丟向窗戶，但因為喝醉了，所以沒丟中，繼續丟了兩、三次，終於聽到了「答」的聲音。黑影靠近窗戶，村瀨從窗戶探出頭。他在黑暗中看到了我。

「啊啊……」

他像嘆息般吐了一口氣，指向玄關的方向。我蹣跚地走向村瀨公寓的玄關，走出電梯後，來到走廊盡頭的房間門口，等待村瀨開門。

「嚇我一跳，妳和弓一樣，她喝醉時也經常用石頭丟那個窗戶。」

我沒聽村瀨說完，就大叫著說道。

「我視為男朋友的人竟然有老婆，還有孩子。」

「哇，酒味好重。啊，所以妳去剪了頭髮嗎？」

村瀨竟然在說這種根本不重要的事，我生氣地在玄關胡亂脫掉了鞋子，走進了房間。小弓死後，我曾經來過他們之前同居的家兩次，但我最近沒有來過村瀨住的地方。玄關放著小弓之前挑選的貓圖案踏墊，牆上也仍然掛著小弓喜歡的工藝家織的黑貓掛毯。看到這些，我的醉意突然清醒。

簡直就像小弓還住在這裡。我借了廁所洗了手、漱了口，當我不經意轉過頭時，驚訝地發現小弓的牙刷竟然還在那裡。我猜想衣櫃裡應該還掛著小弓的衣服。雖然我因為痛苦不已而來這裡，但現在反而為村瀨感到擔心。我拿著牙刷，衝到村瀨面前大叫。

「該丟掉了，不可以這樣。」

「……」

村瀨沒有看我的臉，默默地把保特瓶中的茶倒進杯子，但我還是對他說道。

「不可以這樣，小弓已經不在了。」

「她並沒有不在，她還在我這裡。」

村瀨說完，用手掌摸著自己心臟的位置。

「弓仍然在這裡。」

「村瀨，你願意這樣嗎？你要這樣漸漸老去嗎？你應該有自己的人生，也許以後會遇到比小弓更喜歡的人，也可能會遇到你想要廝守終生的人。」

「不會有這種人出現了。」

「所以，你要帶著小弓的回憶，就這樣變成老人嗎？」

「……」

我把手伸進村瀨手臂的縫隙，感受到一絲溫暖。也許並不是非村瀨不可，但今晚的我就像是飢餓的狼，渴望人類的溫暖。我化身為小弓對他說話。

「村瀨，請你忘了我，請你活出自己的人生，否則我無法瞑目。」

我把頭放在村瀨心臟的位置。噗通噗通噗通噗通，我可以感受到他的心跳。村瀨用力推開我的手。

「小綾，妳不要這樣。」

頭頂上傳來村瀨沒有感情的聲音。我聽到這句話，立刻衝出他家。他為什麼不緊緊抱住我？雖然我這麼想，但還是希望抱我的人是麻生。我站在夜晚的街頭看著手機，我傳的訊息全都變成了已讀，只是麻生仍然沒有回覆。麻生是笨蛋，村瀨是笨蛋，我也是笨蛋。星星在夜空中眨眼，我想起麻生曾經對我說，冬天的時候會帶我去看雙子座，眼前的景色立刻被淚水模糊，搖晃起來。

一個星期後的深夜，麻生終於用ＬＩＮＥ回了訊息。

「小綾，對不起，之前都沒有對妳說實話。其實我已經有了太太，也生了孩子，但我們之前一直都分居。雖然原本是因為打算離婚而分居，但在過年見面時，還是覺得孩子很可愛。」

我看到這裡，把手機丟在被子上。

雖然我對麻生騙我這件事感到生氣，但總覺得最根本的原因就在於我內心的寂寞。我很希望能夠像小弓一樣，有一個可以無話不說的男朋友，而且也渴求這樣的對象，但因為在真實的現實世界中無法如願，於是把希望寄託在交友軟體上。在交友軟體上認識的人，很難了解對方有幾分真實，有些人會像麻生一樣，明明已婚，只是處於分居狀態，卻一副單身的樣子接近對方，根本無法從交友軟體中了解這些狀況。雖然之前曾經有很多機會可以問清楚，但我卻選擇視而不見。因為一旦連麻生也失去，未免太悲傷了。小弓已經離我而去，又因為疫情的關係無法和朋友見面，我變成了寂寞之王。沒錯，疫情才是真正的元兇。我遇到這種倒楣事，村瀨無法結交新的女朋友，仍然對小弓如此執著，全都是疫情的錯。我希望可以怪罪於疫情。

猛然抬頭，看向桌上裝著酪梨種子的杯子。那對張開的葉子好像高舉雙手在歡呼，讓我越看越火大。呃，但是，如果葉子繼續長下去，可以繼續放在杯子裡嗎？除了村瀨以外，我沒有其他可以討論這種問題的對象，於是傳了ＬＩＮＥ給村瀨，同時為上次的事道歉。

村瀨也超過一個星期沒有回覆我。那天之後，麻生雖然用ＬＩＮＥ傳了幾次訊息給我，但我都不讀不回。我沒空理會已婚有孩子的騙子，該在交友軟體上找下一個對象了。雖然這麼想，但又擔心再次發生同樣的事，不免感到害怕。

連續多日都是寒冷的天氣，即將飄雪的夜晚，我一個人孤單寂寞地回到家，發現門前掛了一個很大的塑膠袋。那是什麼？打開一看才發現是圓形花盆和裝了泥土的塑膠袋，還有一封信。

「下個月碰面之後，我們就不要再見面了。」村瀨用稱不上漂亮的字跡寫著這樣的內容，我的心臟用力跳了一下。因為我做了那種事，因為我說了那些話，所以這也是無可奈何的事，但是想到也許以後再也見不到村瀨了，忍不住感到暈眩。我到底要失去多少親密的人、親近的人？這種不幸讓我差一點腿軟，但我還是費了很大的力氣，把沉重的塑膠袋搬進家裡。

洗手、漱口後，換上了居家服，看著杯子中的酪梨。下方長出了白色根鬚，上面的綠芽長了十公分左右，一看就知道酪梨種子擠在杯子裡很不舒服。我剪開大紙袋鋪在地上，以免泥土掉落，塑膠袋內還有把發芽後換盆的方法的網路文章列印下來的紙。首先在花盆底鋪上小石頭，然後加入一半泥土，把酪梨種子放在泥土上，再把泥土填滿縫隙。看網路上寫得很簡單，但我太笨拙，花了很長時間才終於搞定。沒想到培育這麼微小的生命也這麼辛苦。

我突然想起了養育我和小弓長大的父母。

「以前照顧妳們的時候，根本沒時間睡覺。」母親曾經這麼說。

「因為妳是媽媽，那是理所當然的啊，又沒有其他兄弟姊妹。」

當時我這麼回答，但是無論父親還是母親，都對我們付出了無私的愛。父親雖然只是一家小型保險公司的職員，但從小到大，從來不曾讓我們為錢的事發愁，讓我和小弓讀完了大學。我想起父親在小弓的葬禮上嚎啕大哭，就感到難過不已。母親一直撫摸著躺在棺材內的小弓的臉，直到蓋棺……我撿起散落在紙袋上的泥土，想起火葬場的人也像這樣撿起小弓細碎的骨灰，頓時感到心被揪緊。我用沾到泥土的手拿起手機，打電話回老家，母親立刻接起了電話。

「喂，媽媽……」

「綾，妳最近好嗎？沒有被感染吧？」

「嗯，我完全沒問題，妳和爸爸也都好嗎？」

「爸爸整天說腰痛，反正就是老樣子。」

「這樣啊……」

「綾，發生什麼事了嗎？」

「啊？」

「妳竟然會打電話回家，不是很難得嗎？我每次打給妳，妳也總是說在忙，急著掛電話。」母親說完這句話笑了起來，她的聲音讓我感到懷念。

「有時候也會突然想聽聽妳的聲音，只是突然這麼想。」

「是喔，真是難得，但還是安心了不少。」

「為什麼？」

「因為妳和弓不一樣，向來不會訴苦，從小就是這種個性。妳太拚了，媽媽一直很擔心妳。」

剛種好的酪梨在我面前微微搖晃起來，但我不想讓母親察覺我在哭，於是拚命克制著。

「綾，妳要好好的，不，即使沒有好好的也沒關係，只要有妳在就好。」

「嗯……」

「等疫情結束後妳再回來，爸爸和媽媽都很期待見到妳。」

「嗯，真希望疫情趕快結束。」

「對啊，千萬不能輸給這種疾病，因為妳是我的寶貝女兒。」

「媽媽……」

「嗯？」

「我會連同小弓的份好好活著，我會結婚，也會生孩子。」

「綾……」

「嗯？」

「妳不必去想這些事，妳只要走妳自己的路就好，無論妳選擇什麼樣的生活方式，媽媽永遠都會支持妳。」

淚水順著下巴滴落在地上。掛上電話之後，我又繼續哭了一會兒。我把酪梨的花盆放在家裡光線最充足的落地窗邊。

隔月的某天，我和村瀨在老地方見了面，就是吧檯設置了塑膠隔板的那家居酒屋。我們說好吃一個小時就離開。村瀨說要速戰速決，於是為自己點了啤酒，為我點了烏龍茶，然後又點了串燒和醃菜。我們聊著沒營養的廢話，但我現在需要和別人聊廢話。走出居酒屋時，村瀨對我說道。

「不要讓酪梨枯掉了。」

「我覺得這次會成功。」

我在回答時，想起了目前在昏暗家中的酪梨。雖然沒有人在等我，但我覺得酪梨在等我回家。

那一天，我們沒有在居酒屋前道別（兩個人都有點依依不捨），於是走進了位在我和村瀨家中間的一個小公園。村瀨在公園入口處的自動販賣機買了一罐熱奶茶給我，我沒有喝，放在大衣口袋裡。我們什麼話都沒說，就坐在鞦韆旁的安全圍欄上，不經意地看向冬日的天空。

「我打算搬離目前的公寓。」

過了一會兒，村瀨好像在自言自語般說。

「喔，總算……」

「是啊，我一直在思考妳上次來我家時說的話，現在也會忍不住想起弓，但是，我必須往前走……所以我覺得我們以後也不要再見面比較好。」

聽到村瀨這麼說，覺得今天晚上一別，此生再也無法相見，內心忍不住有點感傷。但是，村瀨已經決定向前走，一旦和我見面，就會想起小弓。我不想妨礙別人向前走，但我還是情不自禁對他說道。

「那個……我想拜託你一件事。」

村瀨露出納悶的表情看著我。

「我想我們以後不會再見面了，所以想要一個離別的擁抱。」

村瀨大吃一驚，我半強迫地把他拉了起來，抱住了他圓滾滾的身體。村瀨沒有抱我的身體。疫情爆發之後，我比之前更渴望自己以外的人的身體和體溫。村瀨充滿生命力，溫暖的血液在他體內循環，他的身體具有頑強的生命力。希望他可以希望，希望我可以幸福。

我在內心向不知道是神明或是什麼偉大的力量祈禱。

「村瀨，今天要不要我為你變成小弓？」

村瀨推開我的身體，用很嚴肅的聲音說道。

「妳別說蠢話了，妳和弓完全不一樣，雖然長得很像，但是是完全不同的兩個人。」
我的圍巾滑了下來，村瀨把圍巾繞在我的脖子上。雖然村瀨的回答和我的想像分毫不差，但這樣很好。
「村瀨，要不要我告訴你一個秘密？」
說完，我隨便指向天上的星星。我發現有兩顆星星比周圍的其他星星更亮。
「那就是雙子座的星星，那兩顆星星就是小弓和我。」
雖然我對這兩顆星星是否真的就是麻生以前說的北河二和北河三完全沒有自信。
「只有在冬天可以看到，所以到了冬天，請你想起小弓和我，哪怕只有一次就好。」

村瀨聽我這麼說，戴著口罩的臉皺成一團，然後我們都在公園內哭了一會兒。

「那就回頭見。」

雖然村瀨已經決定不再和我見面，卻還是對我說「回頭見」，的確很像是他的作風。

「再見。」

我向他道別後，轉過身，頭也不回地走向自己的家。我不時抬頭仰望天空，那兩顆明亮的星星似乎跟著我。口袋裡的奶茶還有一點餘溫。無論遭遇什麼，無論發生任何事，我都必須活下去。不知道為什麼，我強烈地這麼想，然後把臉埋進村瀨為我圍好的圍巾，走向酪梨等待的家。

銀箔色心宿二

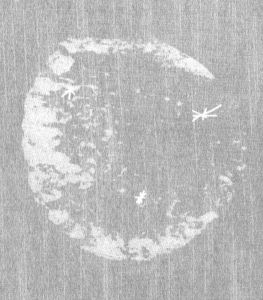

駛向山區的特急電車經過幾個隧道，沿著海岸線行駛後，左側車窗外是一片大海。我忍不住從椅子上微微站起來，把鼻子貼在車窗上，希望整個視野中只有大海。我很想像小孩子一樣尖叫：「大海！大海！」興奮地和身旁的人分享，但是現在不行，因為我旁邊坐了一個看起來像上班族的陌生男人，而且我也已經不是小孩子了。

隨著電車前進，映入眼簾的大海越來越藍，耀眼得好像滲著油的盛夏陽光，映照在海面上。海面上無風無浪，只有海水湧向岩石海岸激起白色的海浪。啊啊，真想趕快全身都泡進這片大海，發瘋似地在海裡游個暢快。光是這麼想，胯下就一陣酥麻。這和性無關，而是像在雲霄飛車的最高處，即將往下衝的那個瞬間一樣，光是想到在海裡游泳，我全身都好像被柔軟的羽毛，用很輕很輕的力道撫摸的舒服感覺所籠罩。

我是獅子座，出生在盛夏季節的八月八日，昨天剛過完第十六次生日。也許是因為在夏天出生的關係，我熱愛夏天，每到夏天，就覺得自己的季節終於來了，即使氣溫再高也樂在其中。

我家位在房子很密集的地區，東京特有的濕度、空調室外機噴出的熱風、柏油路幾乎快熔化的酷熱日子，還有喝下去的水來不及變成尿液，就變成汗水排出體外的日子，我全都愛死了。

相反地，冬天就完全不行。身體變得僵硬，而且好像縮了一圈，而且我極端怕冷，很想一整天都裹著毛毯躲在家裡。但是當然沒辦法這樣，所以只能在裡面穿上三件Uniqlo的發熱衣和發熱褲，縮頭縮腦地爬去學校。光是聽到冬天、下雪，我的太陽穴就頓時變得很沉重。

我這麼熱愛夏天，但去年的夏天簡直是史上最爛的。為了考高中去參加了暑期補習，和其他一臉憂鬱的考生一起整天關在教室內，既無法去海邊，也不能去游泳池，整天都在讀書。但第一志願的錄取率只有百分之三十，那時候真的超想死，最後總算擠進了第三志願的都立高中。

我為人生第十七次的夏天就浪費在冷氣太強的教室內而感到懊惱不已，所以決定今年夏天要連同去年的份加倍享受。

游泳社的社團活動在七月底結束，我決定社團活動一結束，就馬上去海邊的阿嬤家。媽媽在八月初就去了京都，因為爸爸被公司外派到京都，平時一個人住在那裡。媽媽好幾次都希望我和她一起去，雖然我也很喜歡京都夏天那種濕熱淤積在盆地的感覺，而且也很想見到爸爸，但是爸爸住在京都市區，那裡沒有大海。所以我今年無論如何都要去阿嬤家，於是拒絕了媽媽的要求，為了這件事，幾乎快和媽媽翻臉。

這班特急電車正駛向阿嬤住的地方，五分鐘後就到站了。在那些討厭的東西出現之前，在那些黏糊糊地摸我的身體、讓我痛得要命的東西（水母）出現之前，我要在海裡游泳游到爽，這就是我今年夏天的決心。

「小真！」

我走向檢票口，看到阿嬤向我揮手，大聲叫著我。

兩年沒見的阿嬤和兩年前見到時幾乎沒什麼改變，一頭純白的頭髮綰了起來，身上那件深藍色洋裝就像是把一塊布對摺，把側面縫起來，只有手臂和腦袋的地方挖了洞。阿嬤的手腳都超細，雖然她是媽媽的媽媽，但她們母女的身材完全不一樣。媽媽這幾年越來越胖，整天說要減肥，體重卻完全沒有減少。只不過她們都完全不顧周圍有其他人，只要看到我就會大聲叫我，還有笑的時候眼睛都瞇得幾乎看不到，在這些方面就覺得她們果然是母女。

「你又長高了。」

阿嬤在說話時伸手想摸我的頭，但阿嬤很矮，即使伸長手也摸不到我的頭。我很想被阿嬤摸頭，於是稍微蹲了下來。雖然我想對阿嬤說「接下來的這段日子要麻煩妳了」，但太害羞了，什麼話都說不出口，只把媽媽交給我的伴手禮袋子塞給了阿嬤。

「車子在這裡。」

阿嬤說完，用完全不像是老人的速度走在我前面。走出車站後，陽光就慢慢灼燒我的手臂，光是感受到這件事，我就興奮起來。阿嬤帶我繞過種了椰子樹的圓環，來到車站旁的停車場。

在停滿車子的停車場看到了阿嬤的黑色輕型車，我很驚訝阿嬤至今還在開車，也很驚訝她還在開同一輛車。阿嬤為我打開車門，我坐在副駕駛座上。大腿碰到被直射陽光烤熱的黑車座椅很燙，我把一路背來的背包放在腿上，感覺有點擠。阿嬤和我小時候見到時一樣，戴著很大的黑色墨鏡，靈活地轉動著方向盤，駛出停車場。

從車站去阿嬤家，必須往山上的方向開一段路。阿嬤沒有直接開回家，而是繞去海邊，沿著海邊的路回家，可能是想當作我的見面禮，而且一路飆速。沒錯，阿嬤開車很猛，我慌忙繫上安全帶。我把車窗完全打開，車子內都是海水的味道，我整個肺都吸到滿滿的海水味。海灘上滿滿的都是遮陽傘，但反正我不在這裡游泳，所以無所謂。海浪陣陣。啊啊啊，我好想趕快全身都泡在海水中。

「阿嬤，大海！大海！」

我對身旁的阿嬤說了這句剛才在電車上很想說的話。

「我知道。」阿嬤冷冷地回答。

阿嬤和兩年前見到時沒什麼兩樣，但阿嬤的家和我還是中學生來這裡時相比，似乎更舊了一些。兩層樓的老舊木造房子，旁邊的仙人掌長得太高了，幾乎快碰到屋頂了。有一個很大的院子，院子角落有一小片農田，番茄和小黃瓜都結了果。院子角落的螢光黃色圓形東西是不是爸爸和我以前曾經玩過的飛盤？阿嬤的房子、院子和家裡都有點亂。阿嬤和媽媽一樣，都不擅長整理。

打開玄關的拉門走進屋內，屋子內有點暗，感覺涼涼的。陽光的白色殘像在眼前跳舞。阿嬤來不及休息，就走進廚房，打開了瓦斯爐。

「中午就吃素麵好嗎？」

阿嬤在問話時，踮起腳想要拿碗櫃上方的桐木盒，我幫阿嬤拿了下來。

「啊喲，謝謝。」

阿嬤單手從桐木盒裡抓了一大把素麵，俐落地拆掉了捆素麵的紙帶，丟進了水已經在沸騰的鍋內。

「我去向阿公打招呼。」

我來這裡之前，媽媽對我三令五申，到了阿嬤家，先要把伴手禮放在佛壇前祭拜阿公。我從剛才交給阿嬤的紙袋中拿出蜂蜜蛋糕放在佛壇前，點了蠟燭，接著又上了香。嗯，接下來還要搖鈴鐺。我不知道要搖幾次，於是就隨便搖了三次，合起雙手。相框中的阿公在我上小學那一年罹癌去世，當時媽媽要我摸阿公的手，我至今仍然記得阿公的手冰冷的感覺。阿公躺在棺材內被很多鮮花包圍，看起來就像隨時會說著「啊，睡得真舒服」，然後坐起來。當周圍的大人要我拿著鐵鎚，用釘子把棺材的蓋子釘起來時，當時還年幼的我，覺得葬禮很殘酷。

媽媽好幾次都提議阿嬤搬來東京和我們一起生活，阿嬤每次都搖頭說，她要死在這裡。我對和阿嬤一起生活沒有意見，但想到這麼一來，以後不能再來阿嬤家，心情就很憂鬱。

我轉過頭，看到阿嬤拿著料理長筷站在身後。

阿嬤看到我的臉，瞇眼笑了起來。

「小真，你回來這裡，阿公也很高興。」

阿嬤說完這句話，又走回了廚房。

阿嬤煮的素麵無法填飽我飢腸轆轆的肚子，所以阿嬤又為我做了飯糰。加了鹽昆布和酸梅，沒有包海苔的鹽飯糰超好吃。

「小真，你睡二樓的房間。朝日什麼時候來？」

我慌忙咀嚼了嘴裡的飯粒，吞下去之後回答。

「她傳了郵件給我，我等一下看看。」

我猜想即使對阿嬤說ＬＩＮＥ，她也搞不懂那是什麼，所以我就說是電子郵件。阿嬤知道電子郵件。對了，不知道為什麼，朝日突然傳了郵件給我，說我在阿嬤家期間，她也想來這裡。朝日和我住在同一棟公寓，我們從小一起長大，兩家人從幼兒園開始就很熟，讀小學之前的假日還經常一起出遊，朝日也曾經和她爸媽一起來過阿嬤家好幾次。

從區立中學畢業之前，我們一直都讀同一所學校，但朝日和我不一樣，她很聰明，所以考進了大學附屬的私立高中。自從我們升上不同的高中後，就很少有見面的機會，但朝日透過她媽媽和我媽聯絡，安排了也要來阿嬤家的計畫。

「朝日就睡在阿嬤房間，我已經把乾淨的被子拿出來了。」

阿嬤說完這句話，喝下了素麵的沾醬。

雖然見不到面，但朝日有時候會傳ＬＩＮＥ給我，只是我很少看手機，所以也很少回她。當我遲遲不看訊息，她就會傳生氣表情的貼圖給我。剛才搭電車時，手機也震動起來，八成是朝日傳的訊息。她突然說要來阿嬤家，她也這麼喜歡大海嗎？我在吃第三個飯糰時，愣愣地想著這些事。

吃完之後，我收拾了碗筷，拿去流理台後對阿嬤說道。

「那我先走了！」

「不用這麼急，大海又不會逃走。」阿嬤無奈地說。

從阿嬤家沿著和緩的蛇行坡道往下走，就可以去海邊。

道路兩旁有很多房子，有小孩子的塑膠游泳池放在門口的普通民宅，也有陽台特別大，或是可以看到客廳使用了大片玻璃的獨特造型房子，不知道是不是別墅。雖然沿路的房子和兩年前一樣，但有幾棟房子貼了用紅色大字寫了「出售中」的紙。繼續往前走一段路，來到聳立在一片農田中央的鐵塔旁，就可以看到閃著粼粼波光的大海。

我只穿了沙灘褲和T恤，卻已經滿身大汗。阿嬤擔心我中暑，所以把麥茶裝在年代久遠的紅色格子圖案水壺（阿嬤說是熱水壺，我猜想是阿公留下來的）中，讓我隨時補充水分，然後硬是把一頂寬簷草帽戴在我頭上。看到大海後，我終於忍不住在坡道上奔跑。

麥茶從我掛在肩膀上的熱水壺中發出咕咚、咕咚的聲音。我趁沒車的時候穿越了沿著海灘往前延伸的國道，又穿越了防風林。白色的海灘和海浪的聲音越來越近。我用熱水壺當作鎮石，壓住脫下的T恤和草帽，以免被風吹走，再把夾腳拖放在旁邊，立刻跳進了大海。海水像溫熱的洗澡水，包圍了我的身體。我戴上蛙鏡，用自由式一路游了起來。海水越深，藍色就越來越濃。低下頭時，可以看到小魚群和搖曳的海藻，於是我翻身仰躺在水面上，這種感覺讓我很想放聲大喊：「好自由啊！」我在夏日的陽光下，獨自在大海中游泳。這片大海和地球上某個地方的大海相連，這意味著離開了陸地的我獲得了無牽無掛的自由。

我一邊踩水，一邊看向岸邊，覺得這裡果然太讚了。車站附近的海邊太多人，這裡雖然也可以看到一些遮陽傘，但並不會人擠人。海灘右側角落的滑沙場傳來小孩子的叫喊聲，我忍不住感到生氣，為什麼來這麼棒的海邊竟然不游泳？

我又改用蛙泳慢慢游向海灘的方向，再用自由式游向海中央，然後一次又一次來來回回，根本不記得到底游了幾趟。中途可能因為游太猛了，腿快抽筋了，於是我就回到海灘，喝著阿嬤給我的麥茶。阿嬤煮的麥茶加了砂糖，喝起來甜甜的，味道太讚了。我在被陽光烤熱的沙灘上躺成大字。之前參加游泳社的社團活動已經曬黑了，但游泳池和在海邊的曝曬程度完全不一樣。我沒有擦防曬霜，明天全身應該會又紅又腫，但兩天之後就適應了。陽光太刺眼，我只能用沾滿了沙子的手臂遮陽。白色的太陽。把所有一切都烤熱的太陽真的太猛了，我這麼想著，再次奔向大海。

「六點之前要回來。」雖然阿嬤這麼吩咐，但我沒戴手錶，看到大部分帶孩子來海邊的家庭都離開後，海灘上只剩下寥寥數人。夜幕降臨後，就會有很多情侶去這片海灘旁通往大海的巨大洞窟龍宮窟談情說愛。看到他們就會很生氣。

既然沒辦法再游，我的一天就結束了。不知道哪裡傳來了〈晚霞餘暉〉的旋律，我猜想這也許是用音樂告訴大家六點已到，但我仍然不想離開大海，於是坐在沙灘上，愣愣地看著夕陽下的海面。

我穿上T恤。明明已經把沙子都抖乾淨了，但沙子還是不停地從已經乾了的臉上滑下來。夾腳拖裡也都是沙子，於是我又走去海邊，想把腳踩進海水裡沖洗一下。因為退潮的關係，海浪已經向海中央的方向後退了一大截，我把雙腳浸泡在滿是泡沫的海浪中，看著即將沉入海平面遠方的太陽。

突然有什麼聲音掠過耳邊。聽著聲音的感覺，我猜想是不是催眠曲？而且旋律也很熟悉。我轉向右側，一個抱著小嬰兒的女人和我一樣，只穿了夾腳拖，兩隻腳浸泡在海浪中，搖著手上的嬰兒。她穿了一件無袖的水藍色襯衫和灰色長裙，一頭齊肩的頭髮綁在右側，可以看到她左邊的耳朵上戴了一個小小的金色耳環。她的聲音聽起來太悲傷，我忍不住懷疑她是不是在哭。女人看著我，嘴角微微上揚，她的微笑看起來也好像在哭。

「請問幾歲了？」

對我脫口問出的話感到驚訝的不是別人，而是我自己。這不是在搭訕嗎？而且是向已經有孩子的女生搭訕。穿著滿是沙子的T恤，鼻尖曬得通紅的我到底在說什麼？沒想到女人完全沒有驚訝地回答了我的問題，似乎已經習慣別人問她這個問題。

「快一歲了。」

我想問的並不是妳手上那個孩子的年紀。

隔天早上，我被ＬＩＮＥ訊息的聲音吵醒。

伸手拿起手機，確認時間後，發現才早上七點多。又是朝日傳來的訊息。「我想十二日去你阿嬤家，我可以住一晚嗎？可以請你向阿嬤確認，我可以那天去嗎？」然後又傳了一個「拜託了」的貼圖。我並不是完全無法理解為什麼朝日突然這麼想來阿嬤家。這裡的大海和江之島那一帶的大海不同，海水的透明度很高，不是那種像泥巴水一樣的大海。我把手機放在枕邊，打算吃早餐時再告訴阿嬤，翻身準備睡回籠覺，但腦海中浮現昨天傍晚見到的那個人，想起了那個人哼唱的傷心催眠曲的旋律。既然她已經有了孩子，想必年紀比我大很多歲，而且也結了婚，應該是個循規蹈矩的人。我再次昏昏欲睡，把蓋在身上很悶熱的毛巾被踢到腳下，躺成了大字。她哼唱的催眠曲是外國歌嗎？還是某個兒童節目的歌？掛在敞開窗戶前的窗簾被風吹了過來，然後又飄回窗戶。我看著窗簾不規則地飄動，眼前浮現了那個女人被夕陽映照的臉，腦海中回味著她的側臉和旋律，不知不覺又陷入了沉睡。

「阿嬷，朝日說她後天想來這裡住一晚。」

我走下樓梯時，對正在廚房的阿嬷說。

「啊喲，朝日隨時都可以來啊，你在這裡的時候，她也可以一直住在這裡。」

阿嬷一邊很有節奏地在砧板上切著小黃瓜之類的東西，一邊對我說，我聽了之後，忍不住想「千萬不可以」。

「你去田裡摘幾顆番茄。」

阿嬤面對著流理台，頭也不回地吩咐我。我用幾乎沒有發出聲音的「嗯」回應，穿著睡覺時穿的T恤和短褲，拿著籃子和園藝剪刀走了出去。雖然還不到八點，就已經慢慢熱了起來，院子裡的泥土也都被曬得又乾又白。

走出玄關，院子左側的角落就是阿嬤的「開心農場」，阿嬤種了小黃瓜、茄子、番茄、青椒、紫蘇、羅勒等蔬菜和香草，但她一個人根本吃不完。我摘下一顆飽滿的番茄，直接咬了起來，感受到好像太陽一樣代表了夏天的味道。我一邊吃番茄，一邊又摘了三顆放進籃子。我打開院子裡的水龍頭，用從長長水管流出來的水洗了臉，又讓水從頭上淋了下來。起初水很溫熱，沖了一會兒之後，冷水終於流了出來。我拉出水管，用力握住前端，為院子灑水。原本乾燥的地面出現了一圈一圈的圖案，在陽光的照射下，噴出的水出現了一道小彩虹。我覺得這種如夢似幻的七彩顏色很美，我像狗一樣晃著腦袋，用晾在曬衣竿上早就已經乾透的毛巾擦拭頭髮上的水滴。

肉魚一夜干、剛摘下的新鮮番茄、米糠醃小黃瓜、納豆、烤海苔、海帶芽味噌湯。我最愛日式早餐，媽媽的廚藝雖然不差，但我不喜歡每天早上都吃麵包。媽媽有低血壓，沒辦法早起做需要花很多時間的日式早餐，而我每天早上也都想睡到最後一刻，所以沒辦法苛求媽媽，於是我打算住在阿嬤家期間，要學會自己煮味噌湯。今天一大早就吃了三碗飯，阿嬤眉開眼笑地看著我。

「心情真愉快，」阿嬤說完，喝了一口茶，「看到有人這麼津津有味地吃我做的飯，真的太高興了。」

阿嬤堅持不搬來和我們同住，因此我沒來阿嬤家時，她就是一個人住在這裡。她當然和左鄰右舍很熟，但一個人住不會感到寂寞嗎？我突然想到這件事。比方說，晚上一個人睡覺的時候，不會感到寂寞嗎？但是，我並沒有問阿嬤會不會感到寂寞。如果是去年，我可能會把想到的這個問題說出口，但現在總覺得問阿嬤這個問題很失禮。

「謝謝款待。」

我合起雙手說。阿嬤也微微鞠躬對我說：「招待不周。」我在收拾自己和阿嬤的碗筷時想，阿嬤這麼慈祥，真的不可以問她「妳不會寂寞嗎？」這種問題。

今天也是晴朗的好天氣，我告訴阿嬤，中午會回來一趟，然後又出發去海邊。

「回來的時候順便去買顆西瓜回來。既然你來了，就買一整顆。」

阿嬤說著，拿了一千圓給我。

大海和昨天一樣等待著我，我和昨天一樣，用自由式游到海中央，仰躺在海面上漂浮，看著天空。海浪搖著我的身體，我閉上眼睛浮在海面上，耳邊傳來嘩啦嘩啦的水聲。我搞不懂自己為什麼在海裡就感到安心。我把蛙鏡推到額頭上，閉上眼睛，胎兒浮在羊水中也是這種感覺嗎？當我閃過這個念頭時，又想起昨天的女人。她說她抱在手上的小孩一歲了，我難以相信昨天那個女人經歷極大的痛苦生下了孩子。

然後，我又用蛙式慢慢游回岸邊，張開手腳躺在沙灘上休息片刻之後，又游去海中央、浮在海面上，接著又用蛙式游回來。

因為我沒戴手錶，所以無法知道正確的時間，但肚子有點餓了，而且烈日已經爬到正上方。我猜想應該已經中午了，於是穿上剛才丟在沙灘上的T恤，穿好夾腳拖，把毛巾掛在脖子上，戴上草帽，離開了沙灘。

超市在國道旁，從海灘走過去只要五分鐘。這並不是大城市那種漂亮的超市，而是那種除了賣日用品以外，還賣農機具的鄉下超市。看到堆在門口附近的西瓜山，我忍不住猶豫起來，因為我從來沒有買過整顆西瓜，應該是有生以來第一次。媽媽每次買回家的，都是四分之一顆切好的西瓜。是不是該拍一下西瓜聽聲音？我這麼想著，然後用手掌拍了一個又一個西瓜，把耳朵湊上去聽聲音。雖然聽到了砰砰或是啵啵的聲音，但我不知道發出什麼聲音的才是好西瓜。我拍著西瓜，猶豫不決，不知道該買哪一顆西瓜時，站在旁邊的一個繫著白色圍裙的阿姨看著我笑了笑。

「要不要我幫你挑？」

「拜託了。」阿姨聽了我的回答，也開始拍西瓜，但她拍出來的聲音和我完全不一樣，我忍不住有點擔心，拍這麼大力沒問題嗎？

「如果馬上要吃的話，這顆很不錯，已經熟了。」阿姨說話時，雙手拿起一顆西瓜交給我，我的雙臂立刻感受到重量。

「西瓜上不是有這種條紋嗎？條紋清晰的西瓜才甜。」

「是喔。」我叫了起來。阿姨故意露出促狹的表情笑著說：「這是秘密。」結完帳，我把裝在白色塑膠袋的西瓜掛在肩膀上，走回阿嬤家。來到坡度很陡的地方時，剛游完泳的疲勞，再加上西瓜的重量，讓我的步伐變得很小，夾腳拖鞋也快掉了。我時而把西瓜抱在胸前，時而掛在左肩，以免不小心摔破，但不管用什麼方式，西瓜都很重，最後只好扛在肩膀上。雖然腰部感受到重量，但至少比因為西瓜重量而變細的塑膠袋提把卡進肩膀好多了。

阿嬤看到我滿臉通紅抱著西瓜回家，開心地笑了起來。

「你這麼小心翼翼地抱回家，臉都脹紅了，還滿頭大汗。」

也許是因為抱西瓜回家的關係，吃完午餐後，我去二樓躺平，不知不覺就睡著了。當我猛然驚醒，看著放在榻榻米上的數位時鐘，發現還差十分鐘就三點了。幸好還可以去游泳。我鬆了一口氣，又倒在榻榻米上，聽到樓梯下方傳來說話的聲音。

除了阿嬤的聲音，還有應該和阿嬤差不多年紀的女人聲音，不時夾雜了一個年輕女人的聲音。雖然我無意偷聽，但和阿嬤年紀相仿的女人說話很大聲，所以可以聽到她們談話的片段。

三天兩頭外遇。如果真的離婚，要再出去找工作嗎？聽說要送進托兒所也不是一件容易的事情。在斷斷續續傳入耳朵的這些對話之間，還隱約聽到了哭泣聲。我覺得自己不該下樓，但肚子太餓了，於是想要偷偷下樓，去廚房找一些剩菜充飢。只不過阿嬤家的樓梯很老舊，無論再怎麼小心翼翼下樓，都會發出聲音。我只能踮著腳尖一級一級慢慢走下去，發現阿嬤她們似乎在玄關旁有一張很大矮桌的和室聊天。

廚房桌子上有一個盤子，裡面裝了用剩飯做的飯糰，用保鮮膜包了起來。我掀開保鮮膜，坐在廚房地上吃著飯糰，接著打開冰箱，打算喝冰箱裡的麥茶。和室那裡傳來了腳步聲，但聽起來不像是阿嬤走路的聲音，那腳步聲很輕，啪答啪答，聽起來像是兩隻腳底很濕的腳正沿著走廊走了過來。廚房的毛玻璃門上有一個小手的影子，傳來小嬰兒發出「噠」的聲音，然後從門旁探出頭。嬰兒嘴裡發出「噠、噠」的聲音指著我，不知道是不是想吃我手上的飯糰。嬰兒把手指放進嘴裡，嘴角流著口水向我走來，我把一小塊飯糰遞過去，嬰兒短短的手指抓起飯粒，放進嘴裡笑了起來，接著又發出「噠」的聲音把手伸了過來，不知道是不是還要的意思。我又剝了一小塊飯糰遞了過去，嬰兒放進嘴裡咀嚼著，臉上沾到了飯粒。

「啊呀，小步，不可以這樣。」

走廊遠處響起了聲音，接著聽到了腳步聲。嬰兒咚咚咚地走向聲音傳來的方向，一個身穿無袖V領柔軟材質長洋裝的女人和嬰兒剛才一樣探出頭。她抱起嬰兒說：「他隨便亂跑，真的不好意思。」在說話時抬頭看到我的臉，露出了驚訝的表情。

我似乎比她稍微早一點發出「啊！」的叫聲，她就是我昨天在海灘上看到的女人。

阿嬤啪答啪答地走來廚房，看著嬰兒笑著說。

「小真，飯糰雖然沒問題，但不可以隨便給嬰兒吃東西，因為吃了可能會導致過敏。」

「真的很不好意思，這孩子完全不怕生。」

女人鞠躬說道。

「那我來切蜂蜜蛋糕吃點心，小步可以吃蜂蜜蛋糕嗎？雞蛋沒問題嗎？」

阿嬷問女人，女人用好像在哭一樣的聲音回答說：「沒問題，真的很不好意思。」她看起來不像在哭，只是很正常地說話，所以她說話的聲音可能就像在哭。

「相川奶奶也在，小真，你快過來打招呼。」

阿嬷說著，要我去和室。

「啊喲，小真啊，好久不見，竟然長這麼高了。」

我鞠躬向相川奶奶打招呼時，相川奶奶大聲對我說道。相川奶奶就住在附近，我也曾經見過她幾次。

阿嬷端著裝了蜂蜜蛋糕和咖啡杯的托盤走回和室，女人抱在手上的嬰兒正在專心吃蛋糕。
「不知道小步會不會也很快就長大。」
相川奶奶坐在矮桌旁喝著阿嬤泡的咖啡，回頭看著坐在簷廊籐椅上的我說道。我把蜂蜜蛋糕撕成小塊時想，所以那個嬰兒是相川奶奶的外孫，那個女人是她女兒嗎？
「小真，你真孝順阿嬤，如果小步長大以後，也會自己來看阿嬤，那就太開心了。」
我不知道該說什麼，所以只是笑了笑。小步吃完蜂蜜蛋糕後可能想睡覺了，在女人的臂彎中仰著身體哭了起來。
「他想睡覺了，現在是他的午睡時間。」
女人對相川奶奶說完這句話，抱著小步站了起來，在和室角落搖晃身體哄嬰兒睡覺。阿嬤和相川奶奶聊著町會如何如何，合作社的會費又如何如何這些我聽不懂的話題。

我對阿嬤說完後，向相川奶奶和女人點了點頭，走了出去。

「阿嬤，我去游泳。」

我回二樓的房間做好游泳的準備後走出玄關，發現女人抱著小步站在院子裡高大的蚊母樹下。小步已經睡著了，但即使是樹蔭下，站在那裡也很熱吧。雖然我這麼想，但總覺得那個女人想一個人靜一靜。她看到我，露出淡淡的微笑鞠了一躬。我也鞠了一躬，從她面前走過去，覺得她的臉真的看起來好像在哭。

不知道為什麼，那天我不太想要游泳，只呆呆地浮在海面上胡思亂想。

剛才在二樓聽到阿嬤和相川奶奶聊天提到外遇、離婚，是不是在談那個女人的事？在談話之間隱約聽到的啜泣聲，應該是那個女人的聲音。我完全搞不懂結婚或是離婚這種事，總覺得是離我很遙遠的世界發生的事。雖然爸爸和媽媽經常在電話中吵架，但我想他們的感情應該很好。如果感情不好，媽媽應該不會去找一個人在京都工作的爸爸。媽媽去京都之前，用手機拍了很多食譜，說要做給爸爸吃。爸爸一個人在京都工作時會外遇嗎？會不會在我不知道的情況下發生這種事？這些想法在我腦海中打轉，那個女人快哭出來的臉不停浮現在我腦海。我憋氣潛水，又浮上海面，接著用自由式一個勁地游向海中央。

來阿嬤家第三天，因為我每天都去海邊，所以曬得一天比一天黑，每次在洗手台前的鏡子中看到自己的臉時，都會嚇一跳。

吃早餐時，放在桌上的手機響了。因為正在吃飯，所以我只瞄了一眼手機螢幕，是朝日用ＬＩＮＥ傳來訊息，寫著明天到車站的時間。

「阿嬷，朝日說她明天中午之前就會到。」

「喔，是嗎？那要去接她。我把浴衣拿了出來，希望她願意穿。朝日應該也長高了。」

記得朝日和她的父母最後一次來阿嬷家，是在我們讀小學高年級的時候。我對上了高中之後的朝日很陌生，有好幾個和我讀同一所中學、上同一所高中的女生都突然情竇初開，整天打扮得花枝招展，真不希望朝日也和她們一樣。朝日以前瘦得像根小樹枝，但很有正義感。讀小學的時候，有一次上游泳課，一個男生調侃她，叫她「小樹枝」，她就拿著打掃游泳池的拖把追著那個男生跑，最後把那個男生推下泳池。我和她只是從小一起長大，關係並沒有特別好，但在學校的時候，朝日似乎永遠都會出現在我的視野角落。我們有點像兄妹，如果她不在，或是看到她無精打采，就會有點在意。我和她差不多就是這樣的關係。

「啊喲，這是什麼？」吃完早餐，阿嬤準備倒茶時，在廚房彎下了腰。她手上拿著一個用五彩不織布做的大象小玩具。

「原來是小步的玩具……一定是多惠昨天忘了帶回去。」

阿嬤說著，把大象放在桌子旁，又走回了廚房。

多惠。原來她叫多惠。我吃著阿嬤倒的茶和西瓜，一次又一次在腦海中重複著這個名字。綁在不織布大象脖子上的鈴鐺在天花板照射的燈光下微微發光，我覺得這道光似乎照進我內心最深的地方。

「朝日，妳越來越漂亮了。」

朝日從檢票口走出來後，阿嬤摟住她的脖子，大聲對她說。阿嬤和朝日都很矮，朝日也摟住了阿嬤的背。從檢票口走出來的乘客都看著她們熱情擁抱的樣子，我覺得有點丟臉。

「阿嬤，好久不見，我好想妳。」

朝日離開阿嬤的懷抱說道。她穿了一件橫條紋的襯衫，搭配一件長裙和白色拖鞋，中學時一頭及腰的長髮剪成了到下巴的鮑伯頭。她背了一個灰色背包，戴了一頂有黑色緞帶的小草帽，看起來很像大人，我猜想是因為她化了淡妝的關係。朝日完全沒有看我一眼，和阿嬤挽著手，一起走向停車場。她坐在阿嬤車子的副駕駛座後，也和阿嬤聊個不停。阿嬤在開車時不停地說著朝日上次來這裡時還很小，現在變得這麼漂亮。阿嬤可能太興奮了，所以車速超快。朝日完全沒有轉頭看我一眼，我覺得她是故意的。朝日這個王八蛋。

朝日一踏進阿嬤家，就拿出她父母讓她帶來的一大堆伴手禮，放在廚房的桌上，然後逐一向阿嬤說明。阿嬤的聲音聽起來也很高興。比起整天去海邊游泳，根本沒什麼和她聊天的外孫，阿嬤顯然更歡迎可以陪她聊天的年輕女生來家裡。我在簷廊上聽著她們興奮的聲音，發現自己竟然有點嫉妒。

朝日和阿嬤一起下廚做午餐。

「吃完午餐，你們一起去海邊游泳。小真，你要好好照顧朝日，因為海裡不知道會發生什麼事。」

聽到阿嬤說「要好好照顧朝日」，我突然覺得和朝日一起去海邊很麻煩。唉，今天不能隨心所欲地游泳了。讀小學時，朝日和她的父母一起來這裡時，朝日說在海裡游泳很可怕，所以戴了游泳圈。如果她現在還是這樣，就有一種被強迫照顧小孩子的感覺。

朝日把阿嬤給她的熱水壺放進背包。

「我走了。」她大聲對阿嬤說。她換了一件和來的時候不一樣的圓點無袖洋裝。「那我也走了。」我對阿嬤說，阿嬤又重複了剛才的叮嚀。

「要好好照顧朝日。」

我和朝日一起走在通往海邊的坡道上。走到看不到阿嬤家的地方時，朝日回頭看了一眼，確認後方沒有人後對我說。

「真，我傳LINE和電子郵件給你，你每次都不回我！即使過了很久，你也都沒看訊息！今天也是到最後一刻，才知道我可以來這裡。我也有我的安排啊。」

朝日走在被陽光照得發白的坡道上對我發脾氣。我覺得她和剛才在阿嬤面前露出的笑容差太多了，默默聽著她發脾氣。我的態度似乎等於為朝日的怒氣火上澆油，但我覺得這種話通常不是只會對男朋友說嗎？但還是對她說道。

「我很少看手機……不好意思啦，對不起、對不起。」

「什麼態度啊？你是不是覺得自己根本沒錯？」朝日突然拍打我的手臂。

「好痛啊，妳幹嘛？」

雖然我這麼說，但其實一點都不痛，畢竟女生打人也沒力氣。我這麼想著。朝日又繼續說著一些莫名其妙的話，連續打了我好幾次。雖然我每次都說「好痛」、「別打了」，但我走在朝日身旁，為和她相比，自己現在長得又高又大的身體感到有點害怕。幼兒園和小學時，我們曾經扭打在一起，但現在如果我使出全力，朝日一定打不過我。我對自己有了這樣的能力感到害怕。

「我去換泳衣，你在這裡等我，順便幫我吹這個。」

朝日來到海灘後大聲對我說，然後把摺起來的游泳圈丟給我，走向唯一的一棟海邊小屋。那是像小孩子用的透明游泳圈，上面畫了椰子樹、西瓜和煙火。唉。我嘆了一口氣後開始吹游泳圈。

不一會兒，有人拍我後背。回頭一看，發現身穿泳衣的朝日站在我身後。雖然那不算是比基尼，但她穿了一套上下分開，露出肚子的白色泳裝。我最先看到她的肚臍，這個小小的凹洞讓我心慌意亂。我再次轉頭看向大海，一臉若無其事地繼續吹游泳圈。朝日走向大海，戰戰兢兢地把腳踝以下都浸泡在海水中。太猛了。我看著身穿泳裝的朝日想道。這是我真實的感想。我有了朝日望塵莫及的力氣，朝日的身體出現了我以前不曾見過的曲線和性感。她的皮膚比海灘上任何人更白，年輕男生和帶著小孩的父親都忍不住偷瞄穿著泳裝的朝日。

「還沒好嗎？」

朝日問道，走回我的身旁。我蓋住已經吹滿了氣的游泳圈氣嘴時說道。

「朝日，如果妳不擦防曬霜絕對會曬死。」

「啊，我忘了。」朝日在說話時，把手伸進背包裡摸索著，然後開始在手臂和腿上拚命擦裝在白色塑膠容器內的防曬霜。

「你幫我擦後背。」

朝日說著，把防曬霜交給我，背對著我。我愣了一下，但立刻故作平靜，把防曬霜倒在手心，擦在她沒被泳衣遮住的身上。她背上的汗毛倒向我手移動的方向，我的手心直接碰到了她的身體，這件事讓我感到害羞不已。為了避免她發現我身體的某個部分有了隱約的變化，我大聲叫著：「可以了，走囉。」然後跑向大海。我踩著海水，嘩啦嘩啦地走進海中，像之前一樣，用自由式全力游到海中央。回頭一看，發現朝日戴上游泳圈，在海灘附近的海水中浮浮沉沉，露出憤恨的表情看了過來。呿。我忍不住在心裡罵道，但還是用自由式游回朝日那裡。

我兩隻腳打著水，在後方推著朝日的游泳圈向海中央前進，一直來到比我剛才更前面的地方。周圍完全沒有人游泳，朝日轉頭看向後方，小聲嘀咕說：「不要再過去了。」我突然很想捉弄她，於是就把她留在原地，獨自游向海中央。

我和朝日之間應該有十公尺左右的距離，我拿下蛙鏡，轉頭看向朝日，看到她臉上的表情時，我不禁大吃一驚，因為她露出了和我第一次在這裡遇見多惠時相同的表情。

是我害朝日露出了這樣的表情。她傳了好幾次電子郵件和ＬＩＮＥ的訊息，說想要來阿嬤家時，我就隱約察覺到了，但我假裝沒有發現，還故意欺負她，讓她露出了那樣的表情。我覺得海水的溫度突然下降，抬頭一看，發現剛才還放晴的天空快變天了，海浪也變得洶湧起來。

我用自由式游回朝日身旁，讓原本面對我的朝日改變方向，推著她和游泳圈游向岸邊，沿途一直看著朝日頸椎突出的地方。

「好像快下雨了。」

我對朝日說。她看著前方，像小孩子一樣用力點了點頭。

「如果天氣好，你們就可以去龍宮窟了。」

我和朝日渾身濕透回到家，阿嬤拿乾毛巾給我們時說。

「還好可以在院子裡玩這個。」

阿嬤說著，拿出了原本放在玄關鞋櫃裡的煙火袋子給我和朝日。

「這是剛才相川奶奶的女兒多惠拿來的，她說買了很多。她還說剛才來拿小步的大象時，看到你們在海灘上，那孩子真貼心……」

多惠。多惠是不是以為朝日是我的女朋友？這是我聽了阿嬤說的話之後唯一的感想。萬一她這樣誤會怎麼辦？多惠會這麼認為很自然。我一直想著這件事，聽著朝日用和剛才在海邊時完全不同的語氣說話。

吃完晚餐後，朝日穿著阿嬤為她穿上的朝顏圖案浴衣，顯得很興奮。朝日無論穿泳裝還是浴衣都很好看，十個男人看了，每個人都會興奮，都會覺得她很可愛。但是……

「阿嬤，妳也和我們一起玩煙火。」我邀請阿嬤加入我們，阿嬤說，她有點中暑，感覺有點累，於是就走進玄關旁的和室休息了。阿嬤的這種識趣也讓我有一點點不高興，雖然我知道阿嬤很無辜。

雨後的院子瀰漫著悶熱的青草味，夾雜了一絲夜風吹來的海水味道。抬頭一看，深淺不一的灰色雲層快速流動。雖然可以聽到蟲鳴，但聽到蟲鳴聲，就代表秋天的腳步已經近了，我感到格外寂寞。朝日面無表情地打開煙火的塑膠袋，我把從外公佛壇拿來的蠟燭放在地面的石頭上，用打火機點了火。

我有多久沒玩煙火了？記得上次來阿嬤家時並沒有放煙火。朝日拿了一個前端有很多紙帶的煙火放在火上。我聞到了火藥的味道，明明是我喜愛的夏日味道，但不知道是不是因為眼前的朝日已經不是面無表情而已，根本就是板著臉，所以完全沒有興奮的感覺。朝日接連點了一支又一支煙火，感覺並不是樂在其中，而是想趕快結束。我很擔心煙火一下子就放完，無所事事地轉動著點了火的煙火。

「我跟你說……」

我和朝日的手上都沒有煙火時，朝日開了口。我發現自己的身體頓時緊張起來。黑暗中只剩下煙火放完後的白煙，還有彷彿餘韻般的蟲鳴聲。

「我……」朝日看著我說：「我喜歡你，從中學的時候就一直喜歡你。」她的聲音微微發著抖。

嗯。我沒有發出聲音，點了點頭。

「你呢……」我聽到她吞口水的聲音，「你對我……」

「對不起……」

「你有喜歡的人嗎？還是有交往的女朋友？」

「……我並沒有正在交往的人，但是……」我的腦海中浮現了她的臉。抱著小步，一臉好像快哭出來的她──多惠。

「所以你有喜歡的……有心儀的人？」

朝日在說話的同時蹲了下來，我以為她昏倒了。

「我穿泳裝可愛嗎？」

朝日抬頭問我。我點了點頭。

「我穿浴衣也很可愛吧？」我又點了一次頭。

「即使這樣，也仍然不行嗎？」

「妳是和我一起長大的重要朋友。」我知道自己說的話很殘酷，但是我不能說謊。

朝日拿起一束仙女棒，走到蠟燭的火前。點燃一根仙女棒，就會出現一個小火球，但一大束仙女棒，就變成一片火球，發出啪滋啪滋的聲音，像樹枝般的光散向四周，轉眼之間就掉在了地上。

朝日捂著臉。她好像在哭，頭不停地動著，但沒有聽到她的哭聲，也許她怕吵醒正在睡覺的阿嬤。

「對不起……」我在對朝日說這句話的同時，確信自己遲早也會有和朝日相同的遭遇。有朝一日，不久以後。

「歡迎妳隨時來玩。」

朝日和來的時候一樣，和阿嬤在檢票口熱烈擁抱。當她走進檢票口後，舉起一隻手，鞠了一躬，然後消失在月台的人潮中。朝日的臉有點腫，但眼睛並沒有腫，也沒有紅紅的。吃早餐的時候，也用開朗的聲音和阿嬤聊天，幫忙做了很多事，但是從昨天放煙火之後，她就沒有看過我一眼。早餐的時候沒有看我，剛才也沒有看我。我只希望朝日搭電車時，可以坐在看得到大海的座位。

阿嬤開車回到家，發現有人站在玄關的蚊母樹下。車子靠近後終於看清楚那個人的臉，原來是多惠。我不由得心跳加速。

「有人送很多沙丁魚給我媽。」多惠在說話時，把一個看起來很重的白色塑膠袋遞給阿嬤。

「啊喲，這麼多啊，不必這麼客氣啦。」阿嬤的話還沒說完，身體就搖晃起來。阿嬤即將倒在地上時，我抱住了她，所以她的頭沒有撞到地上，但倒在我胸前的身體軟趴趴的，完全沒有力氣。

「阿嬤！阿嬤！」我頻頻叫著阿嬤。

「不可以移動頭部，先讓她躺在這裡。」

平時總是一臉哭相的多惠口齒清晰地對我說，我只能對著她點頭。她叫了救護車，在救護車趕到之前，我只能用手為阿嬤的臉遮陽。

「聽說是輕度中暑，很快就好了，腦部也沒有問題。」

我站在醫院的走廊上等著阿嬤檢查的結果，多惠這麼告訴我。聽到這個結果，我的淚水忍不住在眼眶中打轉，因為我原本以為阿嬤可能會就這樣離開了。我覺得很丟臉，用T恤的袖子擦了擦眼淚，低下了頭。

「你是不是嚇到了……但已經沒事了。」

多惠抓著我的手臂說。她的聲音很溫柔，聽起來好像在對小孩子說話。如果可以，我很希望可以像小孩子一樣，假裝天真無邪，抱著多惠放聲大哭。

「……對不起，讓妳……」

我好不容易說出這句話，多惠摸著我的手臂說。

「醫生說，只要住院兩、三天，很快就好了，你不必擔心。」

多惠說完，對我笑了笑。她的笑容深深烙在我的心上，那是她有力而溫柔，身為女人的笑容，和平時總是愁眉苦臉的她完全不一樣。

多惠說完後，就轉身離開了。

走進病房，阿嬤看到我，舉起了一隻手，另一隻手正在打點滴。近距離看著阿嬤滿是細紋的手臂和手掌，覺得果然是老人的手。我再次體會到，平時總是活力充沛的阿嬤比我想像中更蒼老。

「你不要打電話去京都，否則那孩子一定會很擔心，然後不顧一切趕過來。」

「我知道了。」我回答的同時，在阿嬤病床旁的圓椅上坐了下來。

「聽說是多惠叫了救護車，對不起，把你嚇壞了吧？」

我沒有說話，只是搖著頭。

接著，阿嬤逐一告訴我放在冰箱裡的食材，想要向我說明要怎麼吃。我打斷了阿嬤，請她不用擔心，我一個人可以搞定。

「我還以為要去找你阿公了。」

阿嬤，妳別說這種話。我很想對阿嬤這麼說，但只是默默拉好了阿嬤脖子旁的被子。在拉被子的時候，我問了她之前就一直很想問的問題。

「阿嬤，妳和阿公是戀愛結婚嗎？」

「……不是，看了親戚帶來的相親照，只見了一次面，然後就結婚了，還生了孩子。」

阿嬤用沒有打點滴的那隻手，把額頭上的頭髮撥向頭頂。

「雖然在結婚之前完全不了解對方，但幸好阿公不是壞人，也沒有讓人失望。」阿嬤說完，呵呵笑了起來。

「你為什麼突然問這種事？原來你也已經到了關心這種事的年紀。」

阿嬤說完，又笑了起來。

阿嬤住院期間，我沒心情去海邊，但一個人在家也很不安，於是徹底打掃了阿嬤家。我把散落在地上的報紙疊在一起後，用繩子綁起來，然後把堆成小山的乾淨毛巾和衣服摺好，用抹布擦廚房的地板和簷廊，又擦了窗戶玻璃，洗掉浴室的霉斑，換了走廊上壞掉的燈泡。我晾了洗好的衣服，吃完自己簡單做的午餐後去了醫院。阿嬤的氣色一天比一天好。

在隔天就要出院的日子，我正坐在阿嬤病床旁，有人拉開了簾子，多惠探頭進來。我正打算站起來，她伸手輕輕制止了我，站在那裡說道。

「我明天就回東京了，我老公說要來接我。」

「這樣啊……那真是太好了。」阿嬤開心地說。

我說要去買果汁，向多惠鞠了一躬後走出病房。

多惠明天就要離開了。

我來到走廊上，看著窗外的風景漸漸被染上向晚的橘色。多惠明天回東京後，就再也無法見到她了，這麼一想，就覺得心很痛，好像被捏了一下。

不一會兒，多惠走出病房。

「請等一下。」我對她說，然後對病房內的阿嬤說，明天會來接她出院。阿嬤不知道為什麼擦了擦眼角，只對我說了一句話。

「那我等你來。」

「我也先回去了。」說完，我和多惠一起離開了醫院。

戶外的空氣比我剛來阿嬤家時涼了很多，我和多惠並肩走在路上。從這裡只要沿著海岸旁的國道走一段路，然後走上坡道，差不多十五分鐘就可以到阿嬤家。我想拖延時間。多惠走在我旁邊，她的頭只到我的肩膀。我不經意地轉頭一看，發現她拎在手上的紅色手提包裡裝了很多雜七雜八的東西。那是她生存所需要的東西，身為某個人的妻子，身為小步的母親所需要的東西。

「小步……」

「嗯，我媽正幫忙照顧，比起我，他更黏阿嬤，整天都叫阿嬤、阿嬤。明天回去時，他一定會哭。」

亮著車尾燈的車子在國道上大排長龍，國道旁的海灘已經空無一人。天空從橘色變成了紫色，空氣中瀰漫著夜晚的氣息。

「小真，要不要去龍宮窟？」

多惠說完，不等我回答，就從停在國道上的車子之間穿越過去，走向海灘的方向。我也跟在她身後。小真。這是她第一次叫我的名字。

「雖然這次住了很久，但因為有小步的關係，所以我完全沒游泳，也很怕去龍宮窟……」

多惠說話的語氣很輕快，我猜想也許是因為明天要回東京，所以心情也放輕鬆了。我不知道的某些事已經解決了，她和我不認識的人之間的問題，在我所不知道的某個地方解決了。

沿著已經變暗的海灘走了一段路，摸索著慢慢走下通往龍宮窟的階梯。我走在前面，伸手牽著多惠。這一帶是知名的情侶約會地點，但今天除了我和多惠以外，並沒有其他人。眼前有一個通往大海的巨大洞窟，海浪打了過來。多惠坐在海浪打不到的岩石上，我也在不遠處坐了下來。我們都不發一語，靜靜地聽著海浪打來又離開的聲音。

「以前讀高中的時候，我曾經和我的初戀男友來過這裡……小真，你有沒有帶上次的女朋友來這裡？她超可愛。」

多惠看著前方說。我愣了一下，不知道她說的女朋友是誰，但立刻想到了朝日。我搖著頭說。

「她不是我的女朋友，我們只是從小一起長大的玩伴，只是……」

這時，我想起了朝日頸椎上的突起。那天之後，朝日沒有再和我聯絡，我覺得和她之間應該無法再像以前那樣聊天了。我傷害了朝日。這一次……

「那顆星是心宿二嗎？」

多惠突然抬頭看著天空，伸出手指問。東方的天空有一顆很閃亮的星星，就像銀箔般發著光。

「喔……那是天鷹座的牛郎星，心宿二是南邊那顆紅色的星星……是天蠍座的。從這裡看不太到。」

每次來這裡，爸爸就會告訴我關於天上星星的事。

將出現在夏日夜空中的三顆星星連在一起，就是一個很大的三角形，其中一顆星星就是銀色的牛郎星，紅色的心宿二在南方天空中比較低的位置閃爍。

「小真，你了解得真清楚。」

她似乎覺得我很得意地向她說明，我低下頭，搖了搖頭。

「我是天蠍座，聽說天蠍座的人嫉妒心很強，而且很會記仇。」

多惠說完，嘆了一口氣笑了笑。

「我是獅子座。」

「這樣啊，原來你是夏天出生的，難怪……」

「多惠……」

多惠轉頭看著我。因為光線太暗，我看不到她臉上的表情。

「我喜歡妳。」

說出這句話需要極大的勇氣，但我一口氣說了出來。我甚至希望我的聲音被海浪聲淹沒，沒有傳到多惠的耳中，但之前傷害了朝日，我必須明確表達出來。

「謝謝……」

多惠只說了這句話。

我和多惠的面前，是被海浪沖洗出來的洞窟，岩石外是一片大海，我和她的上方是一片星空。僅此而已。我和多惠都陷入了沉默。

多惠小聲說：「我走了。」可能是因為我突然說了那句話，令她感到害怕。我仍然坐在岩石上，繼續留在原地，聽著多惠走上階梯的聲音，然後漸漸消失。

隔天上午，我去病房接阿嬤出院，發現相川奶奶也在。她協助阿嬤換上自己的衣服，又幫忙收拾了東西。

「妳終於恢復了健康，真是太好了，小真也嚇壞了吧？」

「是啊。」我在回答的同時，想起了已經不在相川奶奶身旁的多惠，她應該今天一大早就回東京了。和她結婚的那個人來接她，她就回東京了，跟著和她結婚的那個人，帶著他的孩子一起回東京了。

她去了東京的某個地方，某個我不知道的地方。

阿嬤回到家後，看到家裡變乾淨了，驚訝地說道。

「小真，對不起，讓你擔心了。」

阿嬤說著，緊緊抱著我，然後用好像快哭出來的聲音說：「我覺得你好像又長大了一些。」

阿嬤吃著我煮的素麵，和相川奶奶給她的醬煮魚後，躺在我為她鋪好的被子上。

「小真，你趕快去游泳，夏天快結束了。」阿嬤對我說。

我在熱水壺中裝了麥茶，走下通往海邊的坡道。

我沒有來海邊的三天期間，這片海灘已經事不關己地邁向秋天。

從夏天邁向秋天，就像衣服換季一樣，之前把我手臂曬黑的太陽也變得無力。振作一點，現在才八月啊。我在心裡咒罵太陽。

海灘上有幾個帶著小孩來玩的遊客，但都在海邊玩，或是玩滑沙，完全沒有人在海裡游泳。想必海裡已經有水母出沒了。

我脫下T恤，脫下夾腳拖跑向大海，用自由式游到力所能及的地方。中途感覺到有什麼黏糊糊的東西在我兩腿之間移動。要螫就螫吧。我仰躺在海中央，浮在海面上放空。我完全感受不到來阿嬤家第一天游泳時的那種解脫感，明明浮在海面上，卻感覺到重力。

十六歲、十七歲、十八歲。我有預感，隨著年紀增長，這種重力也會增加。我想起了身穿泳裝的朝日，又想起了分不清銀箔色心宿二和牛郎星的多惠。我喜歡她。然後，我憋住氣，一口氣潛到力所能及最深的地方。

珍珠星角宿一

早上起床來到一樓，看到媽媽坐在餐桌旁。她看著我的臉，露出淡淡的微笑。我沒聽到任何動靜，爸爸顯然還沒起床。我對媽媽說。

「早安。」

媽媽動了動嘴巴，但我沒有聽到任何聲音。在死去的媽媽出現在我面前之後，我才知道幽靈——或者說死去的人無法說話。

我繫好圍裙，開始做早餐。媽媽站在我身旁（我以前一直以為幽靈沒有腳，但媽媽有腳，而且穿了一雙我以前看過的襪子），一臉擔心地看著我。

我用湯勺直接挖起味噌，準備放進高湯已經沸騰的小鍋子裡，媽媽露出生氣的表情指著瓦斯爐。

「啊，我忘了，要熄火後才能加味噌。」

媽媽聽到我這麼說，點了點頭，再次露出笑容。我聽到爸爸從二樓下樓的聲音，立刻把手指放在嘴唇上，和媽媽相視而笑。爸爸穿著睡衣，睡得頭髮都翹了起來。

「倫月，妳剛才在對我說話嗎？」爸爸的聲音帶著睡意。

「不是，我只是自言自語。」

「妳這種習慣和妳媽很像。」

爸爸說完這句話，露出「慘了」的表情，走去洗手台。我又和媽媽互看了一眼，媽媽臉上的表情似乎帶著一絲悲傷。

我和爸爸一起吃早餐時幾乎不說話。媽媽去世之後，才出現這種吃飯時沒人說話的情況。因為媽媽是我和爸爸之間的連結，吃飯時沒有媽媽和大家聊天，餐桌自然就被沉默籠罩。爸爸低頭看著報紙，用筷子夾起我煎焦的煎蛋，我則無聲地喝著味噌湯。媽媽坐在她的固定座位，露出平靜的笑容看著我和爸爸吃早餐。嘰嘰嘰嘰，院子裡傳來鳥鳴聲，即使有媽媽的幽靈陪伴，和爸爸兩個人吃早餐還是很拘束。想到活著的媽媽已經離開了，內心深處就有一種好像被螞蟻啃食的痛楚。媽媽好像察覺了我的痛楚，摸了摸我的手。我看著媽媽的臉，媽媽點了點頭，我也點了點頭。低頭看報紙的爸爸完全沒有發現。

吃完沉默的早餐，爸爸交代說：「我出門上班了，妳出門時要記得關瓦斯、鎖好門。」匆匆走出家門。爸爸的頭髮仍然翹著，但我才不想告訴他。我把碗盤端去流理台，浸在水裡，然後去洗手台前梳理。媽媽默默看著我，然後指了指我的頭髮。我和爸爸一樣，頭髮都翹了起來。我忍不住笑了起來，噴了大量髮妝水，用梳子用力把頭髮梳順。即使我的頭髮翹起來，也沒有同學會在意。我這麼想著，總算把頭髮梳好了。

媽媽的骨灰和鋪了白布的小型祭壇放在客廳，她每次看到偌大的骨灰罈都會嚇一跳。爸爸說，暑假的時候會把遺骨安葬在爸爸故鄉的墳墓，我為花瓶換了水，但因為要出門了，所以就沒有上香，只是搖了鈴。媽媽靜靜地看著我完成這些事。

我拉起客廳的窗簾，當客廳的光線變暗時，媽媽的身體好像稍微變深了。陽光照射時，媽媽的身體和輪廓都會變得模糊，就像極光一樣。我每次都很擔心，當強光照射時，媽媽就會消失不見。

之前我在學校遭到霸凌，心情沮喪到極點時，也曾經看不見媽媽的身影。明明這種時候更需要媽媽的陪伴，媽媽卻不知去向。我不知道媽媽去了哪裡，但是沒時間沮喪，必須趕快煮飯，然後就在下樓時看到媽媽滿面笑容，坐在餐桌旁的固定座位上。

媽媽。我忍不住上前抱住媽媽，但只抱到空氣。媽媽的身體並沒有實體，但是抬頭時，可以看到媽媽的笑容。

起初還以為是因為媽媽離世，我太受打擊，腦袋出了問題。再加上在學校遭到霸凌，我懷疑是因為自己接連遭遇不幸的事，所以看到了媽媽的幻影，但是我的腦袋沒有出問題，我想應該是這樣。而且我每天都去學校，只不過是去保健室，保健室的三輪老師也從來沒有說我腦袋出問題，在校成績也都保持中上的程度，工作忙碌的爸爸完全沒有發現我的變化，日常生活也都沒有問題。沒問題，沒問題，只是能夠看到媽媽的幽靈而已，只是這樣而已。我在玄關穿上鞋子，向媽媽揮了揮手。媽媽無法走出戶外。

走出家門時稍微有點緊張，一方面不知道今天會不會遭到霸凌，另一方面是因為媽媽之前就是在我上學的路上意外身亡。我避開那條路，繞遠路去學校。和身穿相同制服的學生擦身而過時，身體都會不由得緊張起來。每天早上都會思考，到底為什麼要去學校，但我很想看到最喜歡的三輪老師，所以除非有天大的事，否則不會請假。不知道每天都去保健室，能不能領到全勤獎？

媽媽在兩個月前，在漫長的連假剛結束時車禍身亡。我記得那天下午三點多，我在保健室接到通知，住在我家隔壁的阿尚（他現在是我的班導師，所以我在學校都叫他船瀨老師）慌慌張張衝進辦公室，叫我立刻去急救醫院。我搭上阿尚為我叫的計程車前往鄰町的急救醫院，雖然阿尚用平靜的聲音告訴我，媽媽好像發生了車禍，只不過他也不了解詳細情況。我到醫院後，立刻被帶去太平間，我這才意識到，啊，原來媽媽死了。媽媽躺在那裡，臉上蓋著白布，但是我很害怕，不敢掀起白布。太平間內很陰森，有線香的味道。媽媽說好那天要做我喜歡的硬布丁，想到再也吃不到媽媽做的硬布丁，就突然難過起來，但並沒有流下眼淚。

不一會兒，爸爸也臉色鐵青地走進太平間。爸爸一走進來，就想掀起媽媽臉上的白布，雖然護理師說「臉部損傷很嚴重」制止了他，但爸爸還是掀開了白布。我用力閉上眼睛，聽到爸爸發出好像從身體深處擠出來的哭聲，這個聲音反而讓我感到害怕。爸爸哭得好像野獸一樣，癱坐在地上哭泣。

守靈夜和葬禮就像被送上了輸送帶，按部就班地進行。我有點稀裡糊塗，只記得同學和他們的父母都來參加，握著我的手，哭著要我「加油」，我不知道什麼事要加油。

媽媽剛去世時，阿尚的媽媽一日三餐都會送菜上門，但不能總是麻煩別人，於是爸爸走進廚房挑戰了幾次，做了只有伍斯特醬味道的咖哩飯、黑漆漆的炸豬排，還有只要喝一口，血壓就會飆高的味噌湯，簡直慘不忍睹。我在學校沒有參加任何社團，所以有很多時間，於是去圖書室翻了翻《料理一年級生》這本書，發現應該難不倒中學一年級的我。

「爸爸，我負責做早餐和晚餐，你負責打掃。」

爸爸聽到我這麼說，露出鬆了一口氣的表情。

《料理一年級生》有如何煮高湯等料理的基礎，媽媽雖然熱愛做甜點，但廚藝不精。我從來沒有看過媽媽自己用食材熬高湯，只看到她加顆粒狀的鰹魚粉。我之所以想要挑戰看看，是因為放學後，也沒有可以一起玩的同學，既沒有參加社團，也沒有上補習班，整天閒閒沒事做。

除了學校家政課的烹飪實作以外，我甚至沒有認真切過蔬菜，所以起初並不順利。我在廚房不時叫著「好痛」、「好燙」，燉了兩個小時的洋芋燉肉變得像奶油燉菜一樣糊成一團。媽媽（正確地說，是媽媽的幽靈）在一旁默默看著，危險的時候用眼神提醒我。我在廚房做菜時，媽媽總是在我身旁，所以即使一個人下廚，或是因為爸爸很晚下班，我一個人吃晚餐，也不會感到寂寞。

到了學校後，正打算換上放在鞋櫃裡的室內鞋，發現鞋子上被人用紅色麥克筆寫了「狐狸精」這三個字。又是老招。我這麼想著，用力吐了一口氣，穿上了室內鞋。我沒有走去二樓的教室，經過一樓的教師辦公室，前往保健室。我的眼睛很小，而且眼尾上揚，也就是所謂的丹鳳眼，所以就叫我狐狸精？也未免太沒創意了……雖然這幾個漢字的筆劃有點難寫，但我還是這麼認為。

上了中學後，我馬上就回到了在小學二年級之前生活的這個地方。在那之前，因為爸爸調職的關係，每隔兩年就要在日本國內不同的城市生活。在我離開的四年期間，這個小地方變了樣，以前大家一起去逛的柑仔店和麥當勞都消失了，車站前出現了高級超市。

之前和我很好的同學都考上了私立學校，讀公立學校的不是笨蛋就是壞蛋。轉學到這所學校的第一天，我在阿尚的要求下站在黑板前自我介紹時，忍不住這麼想。雖然我並沒有把這種想法說出口，但不知道是否內心的想法流露在臉上，所以剛轉學來不久，就被那些笨蛋和壞蛋盯上，成為霸凌的目標。雖然這是我這輩子第一次遭到霸凌，但每天遭到霸凌之後，忍不住覺得原來比我想像中更耗神。

課本寫滿塗鴉或是被丟進垃圾桶根本是家常便飯，我的運動服也曾經浮在長了水草而變成綠色的游泳池中。我沒有手機，但可以輕易想像社群網站和LINE的群組上都是關於我的壞話。

霸凌太嚴重時，雖然會很受打擊，但我不會哭，也不會生氣。我從小就這樣，小時候就很少哭。我覺得把喜怒哀樂寫在臉上很丟臉，而且向來認為和同學吵架後大哭，或是和同學在遠足時分在同一組就雀躍不已，或是不小心撞到，就生氣地揮手打人這些行為都很丟臉，每次看到同學做出這種行為，就覺得他們根本和動物沒什麼兩樣。

遭到霸凌有一段時間之後，我發現自己的這種態度會惹毛那些霸凌我的那些同學。

班導師阿尚當然也發現我遭到霸凌，也曾經在班會上討論這件事情，但我只希望他別做這種事。我不知道從什麼時候開始，也搞不懂大家怎麼會知道我家就住在阿尚家隔壁，因此當阿尚和我在走廊上說話時，就會有人吹口哨起鬨。轉到這所中學後才知道，原來阿尚很受女學生歡迎，但我完全無法理解這件事。總之，這個很受女生歡迎的老師只因為我遭到霸凌就特別關心我，當然只會導致我遭到更嚴重的霸凌。而且那些同學都在阿尚看不到的地方霸凌我，即使霸凌行為被發現，也不會有學生坦承是自己做的。霸凌都發生在學校生活中見不到光的地方，那些霸凌的學生就像是蛇蠍一般，而躲在陰暗處的蛇蠍專門找小動物下手，認為霸凌這個對象沒問題，只是這次發生在我身上而已。

我的功課並沒有特別好，在學校也幾乎都不說話，每天就像空氣一樣，只因為我是轉學生，和很受歡迎的老師阿尚是鄰居，而且有一對很小的丹鳳眼……雖然我知道去想這些事也無可奈何，但每次思考自己遭到霸凌的理由，就輾轉難眠。即使閉上了眼睛，也完全沒有睡意；即使臥室的窗簾變亮了，我也完全無法闔眼，但仍然會換上制服去學校。

轉學之後，連續過了十天左右這樣的生活。有一天，剛走進校門，我就無法再向前走一步。校門兩側的洋紅色玫瑰隨風搖曳，我滿身大汗。之前就知道在緊張和痛苦時會盜汗，但這是我第一次發生盜汗，感覺身體深處突然一陣燥熱，身體表面濕透了，整個胃都在翻騰想吐。上課鈴聲已經響起，我卻站在原地動彈不得。在遲到前一刻才衝進校門的學生都好奇地看著我，其中也有我們班上的同學。雖然我並沒有期待他們會關心我，但我聽到他們竊笑著走過我身旁。世界開始搖晃，眼前一片漆黑，眼角有很小的光在閃爍。我當場蹲了下來，雖然很想嘔吐，但我拚命忍住了。

「喂，倫月！」

為什麼這種時候叫我的名字，而不是姓氏（我又要被那些人欺負了）？雖然我這麼想，但阿尚臉色鐵青地衝了過來。我聽到他的聲音，稍微放了心。阿尚把我背了起來，不知道是否因為安心的關係，我頓時嘔吐起來，全都吐在阿尚的背上。

「阿尚，對不起……」我向他道歉，但仍然無法停止嘔吐。

「沒關係，妳全都吐出來。」

阿尚這麼對我說，同學都從教室的窗戶看著我們。我不是因為嘔吐，而是想到我又會因為這個原因遭到霸凌，淚水在眼角打轉。

接下來的一個星期，我都無法走進校門，於是我上學後不再踏進教室，而是去保健室。早上走去學校時，阿尚在校門口等我，然後把我背到保健室，否則我的兩隻腳完全無法移動。保健室的三輪老師每次看到阿尚，臉頰都會泛起紅暈。

「妳這一陣子先在這裡讀書，等到沒問題之後再去教室。」

阿尚這麼對我說，我的淚水頓時流了下來。他應該更早對我說這句話。

我坐在三輪老師的桌子前，按照課表讀課本，然後用老師事先為我準備的講義解題。

「妳不必這麼認真，要注意休息，如果感覺不舒服，可以躺在床上休息。」

三輪老師這麼對我說。沒有其他學生時，她會從抽屜裡拿出草莓味的糖果給我。因為我晚上還是無法入睡，所以只要一翻開課本就很想睡覺。

「老師……我可以躺一下嗎？」

「當然沒問題，請便、請便。」三輪老師笑著說。

保健室的床鋪著白色床單，被子也是白色的，和家裡的被子完全不一樣，而且也有一點消毒水的味道。三輪老師為我把床和床之間的白色簾子拉了起來。我穿著制服，襪子也不脫地躺進被子的感覺有點奇怪。音樂教室的合唱聲和體育館內籃球運球的聲音從敞開的窗戶傳進來，我聽著這些聲音，很快就睡著了，那是躺在家裡時絕對不曾有過的深層睡眠，感覺好像被拽進了溫熱的池沼。有時候我從去學校到放學回家，會整整睡半天。有一天，三輪老師問我。

「佐倉同學，妳晚上在家睡得著嗎？」

雖然我回答說「睡得著」，但我猜想三輪老師知道我在說謊。

我從媽媽車禍身亡的半個月前就開始每天去保健室上學，我並沒有告訴媽媽在學校遭到了霸凌，因為我說不出口。即使想告訴爸爸，但爸爸每天很晚才下班回家，我根本遇不到他。我猜想媽媽應該知道，雖然我總是設法在媽媽發現之前，就把被同學弄髒的室內鞋或運動服洗乾淨，只不過每次都洗不乾淨。然而到了星期一，媽媽就會讓我帶著潔白的室內鞋和運動衣去學校。而且，阿尚不可能不告訴媽媽，只不過媽媽從來不曾向我提起這件事，也沒有問我上學都去保健室的事，每天都佯裝不知地為我做早餐（雖然我幾乎都吃不下），送我出門上學。不久之後，媽媽就死了，被司機酒醉駕駛的一輛廂型車撞死了。

即使媽媽死了，我也好幾天都哭不出來。我睡不著時，就會去二樓晾衣服的陽台看夜空，因為除此以外，我沒事可做。只看到灰色的雲層流動，完全看不到星星。我總是默默看著遠處的垃圾焚化廠，白色煙囪兩側的紅燈不停地閃爍。

有一天，我突然感受到手臂有一股暖意，彷彿在夜晚冷冷的空氣中，有人用力對著我的手臂吐氣。我以為是爸爸，轉頭一看，發現媽媽坐在我身旁，手抱著雙膝坐在我旁邊看著天空。我用手指揉了揉眼睛，以為自己因為遭到霸凌，又因為失去媽媽的痛苦，所以精神出了問題。媽媽的身體很透明，只有身體輪廓閃著淡淡的七彩光芒，輪廓的線條時淺時深。我繞到媽媽的前面，看著媽媽的臉。雖然很害怕，但我首先想確認這件事。媽媽的臉上沒有絲毫的損傷，和我那天在上學前，最後一次看到的媽媽一模一樣。

「媽媽？」

我問。媽媽點了點頭，但沒有發出任何聲音。

「媽媽，真的是妳？」媽媽又點了點頭。

「妳是媽媽的幽靈？」

媽媽聽到我這麼問，露出了不知所措的表情。她該不會不知道自己是不是幽靈？媽媽沒有發出任何聲音，我之前完全不知道幽靈無法發出聲音。

媽媽抱著雙臂，顫抖著身體，似乎覺得很冷。

「咦？媽媽，妳覺得很冷嗎？」

媽媽搖了搖頭表示否認，然後指了指我，接著又顫抖著身體，指了指我的房間。

「我會冷？」

媽媽點了點頭，似乎表示同意，然後雙手交疊，放在臉頰下方，閉上眼睛。簡直就像在玩比手劃腳遊戲。

「嗯，我要去睡了。」

媽媽聽了我的回答，露出鬆了一口氣的笑容，然後立刻消失了。我忍不住「啊啊」叫了起來，慌忙走進房間，發現媽媽站在床邊。我躺進被子，媽媽坐在地上撫摸著我的頭。我感受不到媽媽的手，但是我好像隱約感受到媽媽手上的溫度。我閉上了眼睛，但激動不已，在不知不覺中睡著了。我睡得很沉，忍不住思考在保健室的床上，是否有睡得這麼熟的經驗。搬回這裡之後，我第一次睡這麼熟。

隔天早上，我一醒來就尋找媽媽的身影。媽媽和昨天一樣坐在床邊，我發現她的身體在朝陽下，看起來比晚上更淡了。我慌忙拉起窗簾，讓房間變暗，媽媽的身體就變深了。我抱著媽媽的腰，但媽媽沒有身體，所以我握住了自己的手臂。不管是因為我腦筋出了問題看到幻影還是幽靈都沒有關係，此時此刻，媽媽就在我眼前。我抬起頭，看到媽媽指向時鐘。媽媽的意思是叫我去學校嗎？我理解了媽媽的意思，慢吞吞換上了制服。

我來到一樓，洗臉刷牙後，繫上圍裙，發現媽媽在廚房。媽媽比手劃腳地告訴我，蘿蔔要切得更細，或是要拿酸梅出來給爸爸。我很想知道爸爸能不能看到媽媽的幽靈。爸爸像往常一樣睡得頭髮都翹了起來，坐在餐桌旁的椅子上看報紙，完全沒有發現媽媽站在他身旁。媽媽指著爸爸翹起的頭髮笑了起來，我也偷笑著，以免被爸爸發現。

我和爸爸在媽媽的陪伴下吃完早餐，分別走出了家門。雖然我很希望媽媽可以一起陪我去學校，但她好像沒辦法走出家門，只是站在門內向我揮手。我也向媽媽揮手。

就這樣，我開始了和幽靈媽媽一起生活的日子。

媽媽的身體是透明的，強光照射時，身體的顏色會變淺，而且也無法和媽媽交談。媽媽無法出門，但可以在家裡瞬間移動。這就是幽靈媽媽的實際狀況。

我每天上學仍然只是去保健室，有一天，阿尚走進保健室問我。

「要不要來參加放學前的班會？」

「嗯。」我想了一下後，點了點頭。

「妳不必勉強自己，如果妳不想去，不去也沒關係。」

雖然三輪老師這麼對我說，但我還是說「我去」。我不認為自己可以一直都躲在保健室，如果只是去參加班會，只要坐在教室內幾分鐘就好。我下定了決心，跟在阿尚身後走去教室。

我坐在教室最後面的座位。當我坐下時，霸凌集團的主角瀧澤回頭看著我，露出兇狠的眼神。

雖然很緊張，但我安慰自己，只要幾分鐘就結束了。主持班會的班幹部在說話時，阿尚看著我點了好幾次頭。瀧澤眼尖地發現了，回頭狠狠瞪著我。阿尚，你不要再幫倒忙了。我這麼想著，用手帕擦拭額頭上的汗，一動也不動地坐在座位上。班會結束時，我已經精疲力盡，無法從椅子上站起來。阿尚走到我身旁，我告訴自己必須站起來，但兩條腿無法用力。

「來吧。」阿尚對我說了一聲，就背對我在我面前蹲了下來。

「不用了。」雖然我這麼回答，但聲音也很無力。阿尚仍然蹲在我面前，我無可奈何，只能像上學時一樣讓他背著我。其他同學的眼神很刺眼，阿尚脖子上的汗珠發著光，有男人的味道。雖然其他同學沒有喝倒采，但阿尚背著我走出教室時，我忍不住想，明天又要被霸凌了。

我的預感成真了。當我打開鞋櫃時，鞋櫃裡塞了好幾張紙，用潦草的字寫著「不要對船瀨老師賣弄風騷」，室內鞋之前被寫了「狐狸精」三個字，洗了幾次之後，好不容易變淡了，這次又在旁邊用很粗的紅色麥克筆寫了「〇婦」（他們似乎不會寫「蕩」這個漢字）。我不知道怎麼賣弄風騷，也自認並不是蕩婦，更何況我根本沒有喜歡的對象。當我看到這幾個字的瞬間，差一點忍不住哭出來，但我沒有流下眼淚。

阿尚先去了老師辦公室，所以我立刻把寫了「不要賣弄風騷」的紙藏進書包，穿上被寫了「蕩婦」的室內鞋走向保健室。

平時在保健室時，我都盡可能不睡覺，但這天我很想馬上就躺到床上。

「老師，我可以睡一下嗎？」我問。

「當然可以。」三輪老師像往常一樣笑著回答。

我有氣無力地躺到床上，三輪老師為我擺好了室內鞋。

「啊喲，怎麼會這樣？」

三輪老師說話時，舉起了室內鞋，皺著眉頭說。

「太過分了。」

聽到老師這麼說，我一陣鼻酸。我也覺得很過分，但不知道該如何解決這個問題。

「要不要告訴船瀨老師？」

「不用。」我毫不猶豫回答。

阿尚知道這件事，一定會追問是誰幹的，別人就會知道是我向阿尚告狀。只因為我和阿尚住得很近就被欺負，所以根本沒辦法阻止霸凌，事態只會越來越嚴重。雖然我沒有吭聲，但三輪老師似乎猜到我在想什麼。

「……船瀨老師很不善解人意。」

三輪老師說完，輕聲笑了起來。雖然對我來說，這件事一點都不好笑，但我很高興三輪老師對阿尚的看法和我一樣，有一種心靈相通的感覺。

「好，我現在不說，妳先好好睡。」

三輪老師說完，把簾子拉了起來。從敞開的窗戶吹進來的風吹動了簾子，我看著簾子飄來飄去，很快就墜入了沉睡的世界。

那一天也是不善解人意的阿尚來保健室接我，我只參加了放學前的班會。說句心裡話，我並不想去，但我希望可以慢慢增加在教室的時間。

「啊，慘了，我把要發給你們的單子忘在辦公室了，你們等我一下。」

阿尚說完這句話就走出了教室，班上的同學開始嘰嘰喳喳說話。

我頓時緊張起來，因為不會有人找我說話，所以我托著腮，心不在焉地看向窗外，突然感覺到動靜，轉頭一看，發現瀧澤和她的幾個跟班站在我面前。啊啊，她們要直接找我麻煩了。我忍不住緊張起來，但瀧澤說的話出乎我的意料。

「有什麼東西在她旁邊。」

瀧澤說話很大聲，全班的人都看著我。他們的視線令我痛苦。不要看我。我在心裡這麼想，但是當然無法發揮作用。

「真的假的？」身旁的男生叫了起來。

「有什麼在她旁邊，附在她身上，好可怕。」

瀧澤看著我腦袋旁邊的位置說。

「瀧澤，妳有陰陽眼，所以可以看到。」

「好厲害，妳可以看到什麼嗎？」

那幾個跟班的女生紛紛叫了起來。有時候會有這種女生，說什麼自己有陰陽眼來譁眾取寵，在修學旅行時成為眾人的焦點。這種裝神弄鬼的傢伙真是腦筋有問題。不知道是否臉上的表情透露出內心的想法，瀧澤大聲地說道。

「佐倉，妳被附身了，妳受到了詛咒。」

聽到她說我被附身了，我差一點告訴她，那是我媽媽。如果我真的這麼說，她們一定會覺得我瘋了，所以無論她說什麼，我都閉口不語。我不知道該說什麼，只能默默看著瀧澤。

「啊！狐狸精瞪我！」瀧澤和其他人頓時逃開了。

「好了！安靜！趕快坐回自己的座位！」

阿尚抱著一疊單子走進教室大聲說道。如果、如果阿尚再早一點回到教室，就可以親眼目睹我遭到霸凌的現場，他這個人真的超遲鈍！我在內心這麼想，同時感覺到「明天之後，霸凌會更加嚴重」，這根不安的刺在內心持續長大。

班會結束後，阿尚想要背我離開教室，我拒絕說：「我可以自己走。」獨自邁開了步伐。阿尚走在我前面，他似乎打算陪我走到校門口。沿著走廊走了一段路，阿尚突然走進二年級的教室。我在他背後張望，發現四名學生正聚在一起不知道在幹什麼。

「現在已經是社團活動的時間了，參加社團的人趕快去社團，要回家的人也趕快回家！」阿尚突然大聲說道，那幾個學生拿起書包，鳥獸散地衝出教室。這時，有一張紙飄落在教室的地上。

「又是碟仙。」

阿尚把紙揉成一團，生氣地說。

「碟仙是什麼？」我用敬語問阿尚。我在學校時都這樣和他說話。

「倫月，妳不需要知道這種事。」

我明明用敬語對他說話保持距離，他卻叫我倫月。

「船瀨老師，請你在學校的時候不要叫我倫月。」我忍不住這麼對他說。

「啊，對不起。」阿尚露出不是老師的表情，抓了抓頭。

碟仙是什麼？我把這兩個字記在腦海。回到家後，媽媽在玄關的脫鞋處迎接我。我慌忙洗了手，打開了爸爸的電腦，這時媽媽雖然在我旁邊，但我對她說道。

「我要查功課要用的資料，所以妳先出去一下。」

我把媽媽（的幽靈）趕出去後，鎖上了爸爸房間的門。即使我這麼做，媽媽也可以自由進出房間，但媽媽似乎尊重我的隱私。我用維基百科查了碟仙。

「日本相信碟仙是召喚狐靈的行為（降靈術），把寫了『是』、『否』、『鳥居』、『男』、『女』、0到9的數字和五十音表的紙放在桌上，把硬幣放在這張紙上，所有參加者都把手指放在硬幣上。當參加者發問時，硬幣就會移動，回答任何問題。」看完解釋，我腦海中浮現了「騙小孩子的玩意」這幾個字和瀧澤的臉，自稱是靈媒少女的瀧澤應該也在玩碟仙。因為那些霸凌者罵我是狐狸精，所以看到「狐靈」這兩個字，也令我感到沮喪。

竟然流行這種東西。我既覺得很無聊，但又同時想到我每天看到媽媽的幽靈又是怎麼回事？親眼看到媽媽的幽靈後，了解到有自己無法理解的世界，但又覺得碟仙是無稽之談。只不過那些熱衷玩碟仙的學生，和回到家之後，就開心地和媽媽的幽靈同住在一個屋簷下的我究竟有什麼差別？

走出爸爸的房間後，我下了樓，坐在沙發上的媽媽面帶微笑看著我。雖然爸爸看不到，但我可以看到，媽媽的幽靈真實存在。我洗了手，繫上圍裙，準備做晚餐。媽媽面帶微笑看著我。

我在洗馬鈴薯時問身旁的媽媽。

「媽媽，妳附身在我身上嗎？」

媽媽笑而不語。我在削馬鈴薯皮時問道。

「媽媽，妳之後會離開我嗎？」

媽媽只是靜靜地微笑。

「今天天氣很好，要不要去屋頂吃飯？」

三輪老師向我提議。於是這一天，我們沒有在保健室吃營養午餐，而是改去屋頂。雖然學生也可以去屋頂，但規定不能在屋頂吃營養午餐。我感到疑惑的同時，還是用托盤端著營養午餐走上通往屋頂的階梯。

自從媽媽死了之後，天氣的好壞根本無足輕重，但是聽到三輪老師略帶興奮的聲音，我稍微想起天氣晴朗的日子在戶外吃飯很舒服這件事。

因為陽光太烈，我和三輪老師一起坐在儲水塔的陰影中，把營養午餐的托盤放在腿上吃了起來。

嘟嘟嘟。這時聽到了什麼東西發出的響聲。三輪老師從白袍口袋裡拿出了手機。

「啊，好煩喔，又傳訊息。」

三輪老師說話的語氣比平時隨便，我不知道該怎麼回答，默默把橄欖形麵包放進嘴裡。

「我加入一個交友軟體，遇到一個糾纏不清的人。」

三輪老師說完，重重地嘆了一口氣，把手機放回口袋。原來老師也玩交友軟體。我閃過這個念頭，但隨即覺得老師當然也可以玩。

「船瀨老師就住在妳家隔壁，對嗎？」

三輪老師咀嚼著嘴裡的食物時問我。

「對。」我慌忙把麵包吞下去後回答。

「他看起來像有女朋友嗎？」

我想了一下。因為我從來沒有注意過阿尚的動向，所以不是很清楚，但從來沒有看到他在星期天穿得很帥氣出門。每次我去院子裡為花圃澆水，都看到他躺在自家院子的塑膠床上看書，有時候甚至裸著上半身，所以我經常沒有向他打招呼就逃回家裡。

「不，我覺得應該沒有……」

「我就知道。」三輪老師說完，輕輕笑了起來，似乎有點小看阿尚的感覺。

「他以前就像現在這樣嗎？」

「嗯。」我想了一下，我在小學一年級時和阿尚成為鄰居，當時他已經是大學生了，而且從那時候就說以後想當學校的老師，有時候也會教我功課。小學二年級的時候，我不知道暑假作業的自由研究要寫什麼，在八月三十一日才哭著去找阿尚幫忙。阿尚說他以前曾經把燈泡放在硬紙板中，做了一個星象儀，於是就連夜幫我趕製了一個，結果竟然獲得了區長獎，我還上台領獎，我從來沒有在參加頒獎典禮時這麼不自在，而且阿尚也去參加了頒獎典禮，還露出賊賊的笑容對我說：「這是我們兩個人會帶進墳墓的秘密。」我吞吞吐吐地把這件事告訴了三輪老師。

「啊哈哈哈哈。」三輪老師笑著聽我說了這件事，「很像是船瀨老師的作風。」

「啊，但是船瀨老師是好人。」我慌忙補充說，因為我希望三輪老師覺得阿尚是好人。

「通常會被別人在最後說什麼『啊，但他人很好』的人，十之八九是壞人。」三輪老師說完這句話笑了起來，我也覺得很好笑，跟著一起笑了。

「啊。」

三輪老師叫了一聲，看向屋頂角落。其他班級的學生蹲在那裡不知道在幹什麼，三輪老師起身走向他們。

「喂！」三輪老師叫了一聲，那幾個學生猛然抬起頭，叫著「慘了」、「完蛋了」四處散開，跑向屋頂的出入口。三輪老師拿了一張白色的紙走了回來。

「這些學生整天都在迷這種東西。」

老師說完，把那張紙出示在我面前，上面畫了鳥居，還寫了數字和五十音。啊，這不就是……？

「妳知道碟仙嗎？」

我雖然知道，但搖了搖頭。

「根本是騙人的東西，說什麼十圓硬幣會自己動起來。」

老師在說話時，把紙揉成一團。我突然覺得被老師揉成一團的紙中有我重要的東西。老師，我可以看到媽媽的幽靈，是我腦袋出了問題嗎？如果我突然這麼告訴三輪老師，不知道她會露出怎樣的表情，如果她要我去醫院就糗了。這是絕對不能告訴別人的秘密，但總覺得碟仙的世界和媽媽的幽靈有某種關係。我認為差別就在於願不願意相信這個世界上有匪夷所思的事，那是和玩交友軟體、（八成）喜歡阿尚，然後津津有味地大口吃著營養午餐的三輪老師無緣的世界。我覺得接觸到這個世界的我似乎和別人有點不一樣，既然這樣，我就沒有權利認為自稱有陰陽眼的瀧澤裝神弄鬼，然後想到我們或許是同一類人，忍不住有點沮喪。

阿尚當年為我做的星象儀放在哪裡？我回家找了一下，在壁櫥、壁櫃和儲藏室內都沒有找到，我問身旁的媽媽。

「媽媽，妳知道我讀小學時，暑假自由研究做的星象儀在哪裡嗎？」媽媽移開了視線。這是媽媽想要掩飾心虛時的表情，她偷吃我捨不得吃而藏起來的冰淇淋時，經常露出這種表情。

「妳丟掉了？」

我繼續追問，媽媽又移開了視線。媽媽不擅長整理，但在整理房間時，經常把斷捨離或是怦然心動的人生整理術掛在嘴上，所以很可能真的被她丟掉了。記得她當初明知道是阿尚幫我做的，但仍然沒有多說什麼，讓我能夠帶去學校交差。

「妳不用寫功課沒關係。」

媽媽還曾經對我說過這種有欠斟酌的話，也經常為這件事和爸爸吵架。

「小孩子最重要的事就是好好玩」這句話是媽媽的口頭禪，媽媽也會勇於嘗試自己有興趣的事，只不過通常三個月就膩了。出事的那一天，媽媽也是準備去車站前上熱瑜伽課時被車子撞到，如果媽媽早一點生膩，就可以避免悲劇發生。

我放棄找星象儀，像往常一樣在媽媽的陪伴下煮晚餐。爸爸說，他今天會比平時早回家，那就等爸爸回來一起吃飯。我用保鮮膜包好完成的料理，走上二樓。

天色已經完全暗了下來，我把早上晾出去後忘了收進來的衣服摺好，然後抱著膝蓋坐在陽台上看著天空。媽媽也坐在我身旁，我微微歪著頭，好像靠在媽媽的肩膀上，但是，媽媽的身體並不在旁邊，我覺得很悲傷。

嘎吱。爸爸走上樓梯時發出了聲音。

「你回來了。」

「我回來了。」爸爸在回答時鬆開了領帶，手上拿了一罐啤酒。

穿上西裝的爸爸是屬於社會、屬於外面世界的人，我整天黏著媽媽，所以對爸爸很不了解。爸爸當然也不知道我在學校遭到霸凌，每天去學校都是躲在保健室，也不知道我可以看到媽媽的幽靈，我也不打算告訴他。我覺得我們父女之間的距離越來越遠。

爸爸在我身旁坐了下來，噗滋一聲打開了啤酒，咕嚕咕嚕喝了起來。爸爸今天也在公司辛苦了一天，疲憊地回到家喝啤酒。在一天的結束之際喝的啤酒應該很美味吧。

「已經兩個月了，時間過得真快，但又好像很慢。」

爸爸說完後站了起來，靠在陽台的欄杆上。媽媽站在爸爸身旁，把頭靠在爸爸的肩上，就像我剛才一樣。爸爸不知道媽媽正靠著他，我覺得有點好笑。

爸爸抬頭仰望天空。

「我以前經常和妳媽媽一起去天文館。」

喔，這樣啊。我在心裡默默回答。媽媽挽著爸爸的手臂。這是在放閃嗎？

「但是，東京的天空幾乎看不到星星，照理說，現在應該可以看到角宿一。」

爸爸的老家在長崎和佐賀的交界處，我只去過幾次，但那裡一到晚上，夜空中很少有黑色的部分，滿天都是閃爍的星星。

「角宿一也稱為珍珠星。」

爸爸喝了一口啤酒說。

「珍珠星？」

「對啊，以前戰爭時，任何外來事物都必須取一個日本名字，因為無法使用敵國的語言。」

「嗯。」我點了點頭，記得以前曾經聽老師說過。

「所以當時不稱為角宿一，而是叫珍珠星。」

這樣啊。我感慨著，然後想到爸爸以前和媽媽約會時，也一定說過這件事。

「我把這件事告訴了妳媽媽……」我就知道。

「有一個叫 Yuming 的歌手唱了一首〈珍珠耳環〉的歌，妳媽說她也想要一副珍珠耳環，我當時忍不住想，沒想到告訴她珍珠星這件事，竟然要付出這麼大的代價。」

身旁的媽媽露出了笑容。

「當時我雖然收入不多，但還是存錢買了珍珠耳環送給妳媽，沒想到她不久之後就告訴我掉了一只耳環。」

我完全不感到意外，這很像是媽媽會做的事，因為她是丟三落四大王。

我愣愣地看著爸爸和把頭靠在爸爸肩上的媽媽。雖然看到父母親熱的樣子，心情有點不是滋味，但我更加同情爸爸不知道媽媽就在他身旁。

「爸爸，媽媽就在你旁邊。」我在心裡這麼對爸爸說，然後思考著另一只珍珠耳環可能會在哪裡？

參加放學前的班會已經一個星期，我不需要阿尚的協助，就可以自己從教室走到校門外。雖然會緊張，但不能一直依賴阿尚。說句心裡話，我覺得從教室到校門之間的距離很遙遠，簡直就像沒有盡頭。班上同學看我的視線很不友善，走在路上時，也會聽到有人小聲說「狐狸精」。我忍不住納悶，自己有這麼好欺負嗎？我沒有朋友，所以在學校不和任何人接觸，也從來沒有欺負別人，只因為是轉學生，只因為住在阿尚隔壁。老實說，很希望他們趕快覺得膩，只不過如果他們對霸凌我這件事生膩，也許又會將矛頭針對其他人。這麼一想，就覺得很沮喪，但我也沒有自信面對這樣的學校生活，自己有辦法繼續撐下去。

我悶悶不樂地思考著這些事走去學校（正確地說，是去保健室）。

班會結束，我正準備回家，瀧澤和她的跟班叫住了我。

「佐倉，妳可不可以來屋頂一下？」

我立刻產生不祥的預感，但她的兩個跟班突然抓住我的手臂。她們抓得很用力，我的手臂都痛了。瀧澤向教室外張望後說了聲「沒問題」，我就像壞人被警察帶走般，被她們拉出了教室。我看到阿尚的背影出現在走廊盡頭，但很快就轉彎不見了。真是太遲鈍了，每次都錯過關鍵時刻。也許我該大聲叫「阿尚！」但這麼一來，她們的霸凌行為就會變本加厲。

我的雙臂被人抓住，經過走廊，走上通往屋頂的樓梯。我張望了一下，屋頂上除了我們以外沒有其他人。她們把我帶到水塔後方，一個從屋頂出入口看不到的位置。抓住我手臂的手鬆開了，她們抓得太用力，我低頭一看，發現手臂上清楚留下了手指的痕跡。

「好。」瀧澤說，簡直把自己當成了司令官。

「在這裡坐下。」瀧澤一聲令下，其他人都圍成一圈坐了下來，我也被拉著手臂坐在地上。瀧澤從裙子口袋裡拿出一張紙攤開，看到那張紙，我忍不住感到驚訝。鳥居、數字和五十音的文字。這是？

「我打算驅除附在妳身上的靈。」

瀧澤好像在宣布什麼大事般說道。啊？什麼意思？為我驅除惡魔嗎？我還在思考，坐在我身旁的女生用力抓住我右手的食指。

「把手指放在這裡。」

紙上有一個十圓硬幣，她把我的手指放在十圓硬幣上。

「絕對不可以鬆手，如果中途鬆手，就會受到詛咒。」

太可笑了。妳上次不是說我已經受到了詛咒嗎？我內心這麼想，但手指仍然放在十圓硬幣上。

「妳應該知道，這一陣子班上連續發生了奇怪的事。」

我不知道。我在心裡回答。斜上方的陽光在瀧澤的臉上投下奇怪的陰影，我覺得她的臉很可怕。

「熊田上體育課時骨折了，天野上美術課時被雕刻刀割傷了右手，縫了三針。我爸爸騎腳踏車跌倒扭傷了腳，還有妳媽……」

「這些事根本就沒關係。」

我忍不住脫口說道，想要把手指從十圓硬幣上抽離，但身旁的女生又用力抓住我的手，緊緊壓在十圓硬幣上。

「我認為這些都是因為有髒東西附在妳身上的關係。」

瀧澤說完，另外兩個人都點著頭。她們有問題，我必須趕快逃走。雖然我這麼想，但身旁的女生不知道哪來的力氣，用左手臂緊緊抓住我的身體不放。她們開始煞有介事地進行儀式。

「碟仙、碟仙，如果您在這裡，請回答。」

瀧澤很熟練地嘀咕著像是咒語的話。我們蹲在屋頂，烈日照在我們身上，我的額頭冒著汗，身旁女生的手臂上也滲出了汗珠。沒有發生任何事。這是理所當然的事，本來就不可能發生任何事，真希望她們別再鬧了，我想趕快回家。就在這時，我的手指感覺到原本放在鳥居上的十圓硬幣動了一下。

「如果您在這裡，請回答『是』。」

十圓硬幣在紙上滑動，然後在寫了「是」的文字周圍繞圈。這根本是騙人的把戲，一定是有人，可能是瀧澤的手指在移動硬幣。但是，十圓硬幣的移動顯然比我們任何人的手指更快，大家的手指都只是跟著硬幣移動。我的後背冒出了冷汗。

十圓硬幣繞著「是」這個字幾圈後，又回到了鳥居的位置停了下來。那裡是固定位置嗎？我覺得很像掃地機器人。

瀧澤和其他兩個人交換了眼神，眼神很銳利。我覺得瀧澤明明更像狐狸精。瀧澤開了口。

「有靈魂附身在佐倉身上嗎？」

真討厭。我這麼想，很希望這種愚蠢的儀式趕快結束，但十圓硬幣又開始移動，然後繞著「是」這個字的周圍打轉。如果真的有，那是我媽媽啊。我在內心大叫。

「是狐狸的靈魂嗎？」

十圓硬幣在鳥居前轉來轉去，似乎不知該如何回答。我很冷靜，甚至覺得眼前的狀況有點可愛。我不知道是什麼力量讓十圓硬幣移動，但我知道這樣的世界的確存在，因為我自己就和媽媽的幽靈一起生活。這時，十圓硬幣就好像有了自我意志般有力地移動起來，巨大的力量和剛才完全不一樣。

嘶、嘶。十圓硬幣在五十音表上滑動。

詛、咒。瀧澤看著我的臉。

「是妳移動的？」

「怎麼可能！」我忍不住大叫。

詛、咒。詛、咒。十圓硬幣在詛咒讀音的三個平假名上移動，所有人都臉色發白。

「不能鬆開手指，一旦鬆開，真的會遭到詛咒。」

瀧澤大聲說道，另外兩個人點了點頭。十圓硬幣又指向其他平假名：霸、凌、就、會、被、詛、咒。瀧澤抬起頭，看向我後方，她的臉驚恐地扭曲起來，旁邊的女生也叫了起來。

「我的手指被黏住了，被黏住了。」

霸、凌、就、會、被、詛、咒。霸、凌、就、會、被、詛、咒。十圓硬幣以驚人的速度指向這七個字。瀧澤的左手指向我的後方，她到底看到了什麼？我想回頭看，但我的脖子無法轉動。另外兩個人明明也都看著我後方的什麼東西，有人發出「啊！」的叫聲瞬間，我聽到了滴水的聲音。瀧澤蹲著的位置下方漸漸積起了水，但硬幣仍然動個不停。

霸、凌、就、會、被、詛、咒。霸、凌、就、會、被、詛、咒。

「啊!」有人尖叫起來,瀧澤和她的跟班都跑向屋頂的出入口,瀧澤的裙子後方濕了一大片。她玩碟仙,結果被嚇得屁滾尿流,這是絕佳的霸凌題材,但我不打算把這件事告訴任何人。強風吹來,把畫了鳥居的紙吹走了,紙飛上了天,在天空中打轉,然後就消失不見了,屋頂只剩下一枚十圓硬幣。我站了起來,準備撿起硬幣,發現腳下有紅色的圓點。我用手指摸了一下,既像是血,又像是紅色顏料。這時,我突然想到,原來媽媽走出家門了。媽媽每年萬聖節時都會認真挑戰各種造型,她剛才出現的樣子應該真的很可怕,但她明明無法走出家門。我突然想到,媽媽的幽靈無法走出家門,但她走了出來,我是否無法再見到她了？沒想到事實果真如此。

那天之後，瀧澤就一直發燒沒來學校，而那天發生的事也傳開了。霸凌佐倉會遭到詛咒。這句話奏了效，沒有人再在室內鞋上寫狐狸精或是蕩婦之類的字（之前八成是瀧澤寫的）。

學校禁止學生再玩碟仙。

雖然沒有人再霸凌我，但我發現大家都帶著恐懼，遠遠地看著我，不過班上一個姓水戶的男生仍然每天代替阿尚把講義送到保健室給我。雖然我不記得了，但他和我曾經讀同一所托兒所。

「我們還一起把泥巴丸子搓得很亮很亮。」

經由他的提醒，我想起來了。那時候托兒所的小朋友都很流行把泥巴丸子搓得又硬又亮，媽媽得知這件事情後，也在家裡的院子裡搓泥巴丸子。她搓了好幾個泥巴丸子，還打聽到「只要用乾布擦，就可以變得很亮」。媽媽向來喜新厭舊，很容易熱衷某件事，但很快就放棄了。

「咦？咦？妳為什麼聽到泥巴丸子的事會哭？為什麼？為什麼？」

水戶緊張地問，我費了很大的勁才對他擠出一句話。

「我沒事，我沒事。」

我猜對了，那天之後，媽媽的幽靈就不再出現。我猜想幽靈的世界也有規定之類的東西，一旦做出像那天的行為，就無法再出現在這個世界。我想了很多可能，但當然找不到答案。

我想見到媽媽，即使是幽靈也無所謂，但總是一臉擔心地看著我下廚的媽媽不知去向，我看不見媽媽了。即使一直被瀧澤霸凌也沒有關係，我希望媽媽的幽靈陪伴在我身旁，想見到在我準備炒金平牛蒡切胡蘿蔔時，會比手劃腳地告訴我，胡蘿蔔絲要切得更細的媽媽。我在切汆燙好的菠菜時，在心裡嘀咕，我想見到媽媽，然後忍不住哭了。

「我們來整理媽媽的東西。」梅雨季節過後，暑假已經過了一個星期，隔週就要把媽媽的骨灰帶去爸爸老家的墳墓下葬時，爸爸向我提議。我和爸爸一起打開了媽媽以前使用的壁櫥，立刻嗅聞到媽媽的味道，我和爸爸都停下手，互看了一眼。

「還是改天再整理吧。」

我說。爸爸也無力地點了點頭。

「那先把鞋子拿出去曬一曬，以免長蟲了。」

說完這句話，我和爸爸慢吞吞地把裝了媽媽鞋子的鞋盒拿去院子。我不經意地抬頭看向阿尚家的院子，發現三輪老師站在他家門口。她今天沒有像平時一樣穿白袍，撐了一把白色陽傘，身上那件泡泡袖的可愛淡桃紅色洋裝很好看。三輪老師並沒有發現我，不一會兒，穿著藍色Polo衫的阿尚小跑著來到門外。

「對不起，對不起，我不小心睡過頭了。」

「因為一直等不到你，我還以為你放我鴿子，所以就來家裡找你。」

三輪老師嘟著嘴說。

喔，原來是這麼一回事。他們轉身背對著我出門了。不知道阿尚是否察覺到了我強烈的視線，他突然轉過頭來，我嚇了一跳。他好像在趕人般對我甩著手，雖然我覺得班導師對學生做這種動作有點過分，但這種神經大條很像是他的作風。我看著他們的背影，覺得他們很匹配。

我問正在把媽媽的鞋子排在陰影處的爸爸。

「爸爸，你之後會再婚嗎？」

「怎麼可能？」

爸爸毫不猶豫地回答。爸爸的答案讓我感到很高興，於是我對他說道。

「那今晚來做可樂餅。」

「喔，太好了，剛炸好的可樂餅配啤酒簡直是人間天堂。」

爸爸很愛吃可樂餅，所以他的聲音也很興奮。

我把煮熟的馬鈴薯搗碎，和炒過的絞肉、洋蔥攪拌在一起，捏成橢圓形，沾上麵粉、蛋汁和麵包粉後油炸。廚房沒有空調，汗水不停滴落，我深刻體會到家庭主婦很辛苦，很佩服媽媽竟然做了這麼多年，每天、每天，三百六十五天都沒有間斷。

我覺得似乎要搭配副菜，於是就切了高麗菜絲（我切得很粗，如果媽媽在旁邊，一定會叫我切細點），又用菠菜和油豆腐煮了味噌湯就累壞了。我煮到一半時很不耐煩，大聲對爸爸說道。

「爸爸，今天你洗碗！」

「當然，當然。」爸爸的心情很好。

我坐在爸爸對面一起吃晚餐。剛炸好的可樂餅當然不可能不好吃，但我還是覺得這天的可樂餅特別成功。我從盤子中夾起第二個可樂餅，沾了伍斯特醬後分成兩半。這時，我看到有什麼東西在發光，那是什麼？是不是不小心把什麼東西混進去了？我感到納悶，用筷子夾了出來，那個東西沾滿了馬鈴薯泥，看不清是什麼。

「爸爸，這個……」

我用面紙把沾滿馬鈴薯泥的東西包起來後交給爸爸，爸爸用面紙擦乾淨後，我發現他的淚水一下子噴了出來。我嚇了一大跳。爸爸伸出手，我拿起他手上的東西注視著，原來是一只珍珠耳環。

「是不是今天整理鞋子時，不小心混進去了？」

爸爸硬是把難以置信的事和現實結合在一起。

我對他說。

「爸爸，不是這樣，是媽媽放進去的。」

「會有這種事嗎？」

「你不覺得耳環掉進可樂餅裡，很像是媽媽會做的事嗎？」

「……」爸爸沒有吭聲，「……也對。」

他說完後淡淡地笑了笑。沒錯，只有媽媽會做這種驚人的事，她最喜歡出其不意嚇別人。我很喜歡這樣的媽媽。

那天晚上，我和爸爸一起坐在陽台上看夜空。果然看不到星星，但我看到遠方有像是星星的東西隱約發著光，爸爸好像也看到了。

「不知道那是不是角宿一。」

「怎麼可能？」

雖然我這麼回答，但我把可樂餅中發現的珍珠耳環放在那顆星星前方看著，就在那個瞬間，有一顆星星飛過。

「有流星。」我說。

「希望可以升遷，希望可以升遷，希望可以升遷。」爸爸一口氣連說了三次。

「倫月，妳沒有任何願望嗎？」

爸爸問我，但我沒有回答。我已經許願了，我在心裡默默說了三次，希望可以再見到媽媽。但是，我想自己的願望應該不會實現。我強烈希望自己趕快成為大人，長大之後，就可以打耳洞，要戴這個珍珠耳環。

「那首〈珍珠耳環〉的歌有危險的味道，妳不要去YouTube查。」

爸爸喝了一大口啤酒說。我對自己所不知道的爸爸和媽媽，曾經生活在我出生之前的時間這件事感到不可思議。

「你以前喜歡媽媽嗎?」

爸爸沒有吭聲。

「你以前喜歡媽媽嗎?」

這時,有一隻像螢火蟲般發光的小昆蟲停在爸爸的脖子上。

「好痛。」爸爸摸著脖子。

「如果你不說喜歡,媽媽可能會變成幽靈來找你。」

我鍥而不捨地問,爸爸說道。

「我很愛媽媽,現在仍然很愛她。媽媽離開後,我很難過,真的很難過。」

爸爸就像朗讀作文的小學生說了這幾句話,然後我們都哭了一會兒。我有預感自己會慢慢適應沒有媽媽的生活，這件事讓我感到難過。爸爸摸著我的頭，他的手很溫暖。那隻小昆蟲似乎心滿意足地離開了爸爸的脖子，然後消失在夜空中。

潮濕的海

我又作了相同的夢。

夢境中，我去死亡的世界把希里子和希穗接回來。她們並沒有死，只是她們目前生活在美國亞利桑那州這個無法輕易到達的遙遠地方，也許在我的內心，認為她們已經身處死亡的世界。

小時候，看了父親為我買的《星星神話》這本書，得知了奧菲斯神話。奧菲斯擅長彈奏豎琴，他只帶了一把豎琴前往位在黃泉世界的宮殿，想要找回被毒蛇咬死的妻子。在完全沒有任何光線、伸手不見五指的漆黑世界，只靠豎琴摸索前進。他每次彈琴，琴身就會發光，照亮前進的路。奧菲斯歷經千辛萬苦，終於找到了妻子，黃泉世界的君王答應他可以將妻子帶回去，但要求他回到地面之前，絕對不能回頭。他發現沒有聽到妻子的腳步聲，忍不住回了頭，於是就永遠都無法再見到妻子。奧菲斯太笨了，如果是我，絕對不會回頭。

在那個神話中，有一頭黑狗守在宮殿前，夢中的我手上拿了一根上面還有很多肉的牛骨。因為奧菲斯彈豎琴讓看門狗閉嘴，但我不會彈任何樂器，我輕鬆用牛骨馴服了看門狗，終於來到宮殿前，大聲叫著希里子和希穗的名字。

「那就把她們還給你，但你千萬不能回頭。」

我聽到一個聲音這麼說，和神話故事中完全相同。我相信了這個聲音，繼續走著。我發現自己走在每天上班時經過的地下道中，每天快步衝刺的老舊階梯通往地面。慢慢接近地面時，盛夏的陽光照進了我的眼睛，手臂也可以感受到陽光灼燒的刺痛。

快到了。我走上階梯時，轉頭看向後方。

「妳們回來了。」

我不知道在夢境中說了多少次這句話。她們站在那裡，身上穿著最後一次見到她們那一天所穿的衣服，但是陽光照在她們身上，她們的身體漸漸變得透明，肉體變成了粒子散開。

「等一下！妳們不要消失！」

我被自己的聲音驚醒，從床上坐了起來。嘴裡黏黏的，腋下全是冷汗。我並沒有哭，獨自躺在以前和希里子一起睡的雙人床上，視線看向放在矮櫃上的畫。那是同時也是業餘天文學家的畫家艾蒂安・特魯夫洛所畫的《潮濕的海》。希里子和我同居之前，就已經有這幅畫。這當然不是真跡，只是把印刷畫裱框而已。不知道希里子為什麼沒有帶走，難道是她對這幅畫已經失去了興趣？這麼一想，就覺得這幅畫很像是我自己的寫照，所以始終無法丟棄。

我徘徊在夢境與現實的邊緣，愣愣地看著那幅畫。畫面上是凹凸不平的月球表面，但看起來像是反射了陽光的泥濘湖面，又像是溫暖的泥海，也很像希里子和希穗所在的亞利桑那州的沙漠。

枕邊的數位時鐘顯示目前是早上六點半，雖然離上班時間還很早，我還是走去浴室，準備沖個冷水澡。希里子向我提出要帶著希穗，搬去亞利桑那州和男友一起生活至今已經兩年，她們母女離開這個家已經一年。我不願意回想起源自希里子外遇的離婚調解。錯在希里子，但我沒有勇氣獨自撫養希穗長大，而且也不願意把像是同卵雙胞胎的她們母女拆散。

「我揪（出）門了。」

當時只有三歲的希穗完全不了解狀況，口齒不清地對我說。這是我在這個家中最後一次聽到她的聲音，而希里子什麼都沒說。

浴缸旁放著希穗以前用的小雞玩具。希里子在去亞利桑那州之前，把她和希穗的大部分東西都丟掉了，但仍然在這個家裡留下了她們生活的痕跡，我至今仍然無法著手整理，我希望可以假裝她們仍然住在這裡。

小雞玩具旁是希穗喜歡的泡泡浴慕絲的容器。希穗不喜歡洗澡，希里子不知道去哪裡的雜貨店買了這瓶泡泡浴慕絲。我想起希穗瘦小的身體上滿是泡沫和她興奮的聲音，忍不住哭了起來，然後拿起蓮蓬頭沖臉，假裝自己根本沒哭。

吃完固定不變的穀麥片和咖啡的早餐後，我把碗盤放在流理台，刷了牙。出門上班之前聽的ＦＭ電台正在播報氣象預報。梅雨季節期間天空短暫放晴，預計最高氣溫是三十二度，但傍晚可能會下大雨。今天要去拜訪四家客戶，回公司之前就會滿身大汗。我這麼想著，把摺傘放進了公事包。

不知道亞利桑那州今天的天氣如何。雖然這麼想，但並沒有拿出手機上網查。我拿著西裝和皮包，關上了玄關的門，站在悶熱的走廊上鎖門。

「澤渡先生，早安！」

住在同一個樓層的銀髮老婦人左內太太向我打招呼。她穿了一件像是居家服的洋裝，腋下夾著報紙，可能剛從樓下的信箱拿回來。

「今天也很熱，你在外面跑業務很辛苦，要記得多補充水分，小心中暑。」左內太太好像開機關槍般滔滔不絕。

「嗯，是啊，謝謝。」

我不置可否地回答，心想我果然沒辦法喜歡她。希里子和希穗搬離這個家時，她自始至終都躲在門後偷窺；當家裡只剩下我一個人時，她按了我家的門鈴，拿了裝在保鮮盒裡的食物上門，說「如果不嫌棄的話，這些送你吃，吃得下的時候要盡量吃點東西」。我默默接了下來，沒有看裡面裝了什麼東西就全數倒進垃圾桶，然後把保鮮盒洗乾淨，附上道謝的糕餅送還給她。多管閒事。我無法承受她露出的憐憫眼神，以及眼神中摻雜的好奇。不要管我。這才是我的真心話。

幸好電梯來了，我向仍然看著我的左內太太微微鞠了一躬，走進了電梯。電梯在四樓停下，一對母女走了進來。女孩穿著白色短袖襯衫和深藍色吊帶裙的夏天制服，戴了一頂草帽，女人看起來像是她的媽媽，可能是媽媽要送女兒去幼兒園。那個媽媽向我點了點頭，站在我前面。女孩似乎對我很好奇，握著媽媽的手，不時轉過頭，仰頭看著我。雖然想露出笑容，但我的臉部肌肉很僵硬。希穗當時和眼前這個女孩差不多大。「希穗」。我在心裡呼喚這個名字，呼喚和希里子一起去了亞利桑那州的女兒。那裡的世界如何？和新爹地的生活如何？我在內心重複著沒有答案的問題。

「你沒有忘記今天的事吧？」

在外面拜訪完客戶回到公司，滿身大汗地坐在自己的辦公桌前，營業部的後輩園部走過來，靠近我的身體小聲問。

「什麼事？」

「你真健忘，我昨天不是才提醒你，要和我大學的學妹聚餐嗎？」

園部的身體靠得更近，比剛才更小聲地對我說。我好像聽他提過這件事，但記憶很不明確。

「晚上七點半開始！整・理・一・下・儀・容！」

園部說完，遞給我一包濕紙巾，大搖大擺地走回自己的座位。

澤渡哥，差不多了，你該找下一段感情了。耳邊想起之前和園部兩個人喝酒時，他對我說的話。什麼差不多了？我完全無法理解他想要表達的意思，也從來沒有想過要找下一段感情，或是再找一個人共同生活。園部說這句話時，我不置可否地點了點頭，他約我今天的聚餐時，我也稀裡糊塗地點頭答應了。

我處理剩下的工作時，心情漸漸憂鬱，但為了顧全園部的面子，我決定去那個並不適合目前的我的地方。

我和園部一起離開公司，搭了二十分鐘左右的地鐵，前往位在四谷的餐廳。

「學長，你再怎麼不甘願，也不要露出這種苦瓜臉。」

園部把公事包放在網架上，雙手抓著吊環，對著我映照在昏暗車窗玻璃上的臉說道。

「學長，你偶爾也需要放鬆一下。」

「……園部，謝謝你一直這麼關心我。」

「你也太見外了。」

「但是你不是已經有女朋友了，和其他女生聚餐沒問題嗎？」

「這歸這、那歸那，完全是兩碼事。」他若無其事地回答。

我曾經見過他女朋友好幾次，聽說他們是以結婚為前提交往。即使有為了讓我放鬆這種冠冕堂皇的藉口，我也百分之百無法理解他明明有女朋友，卻和其他女生聚餐這種事。但他具備了我所沒有的輕快和直爽，我並不討厭他這個人。

我和園部一起前往四谷的一家義大利餐廳。我們走下通往地下樓層的階梯，看到兩個坐得筆直的女人看著我們微微鞠躬。園部坐下後，向她們介紹了我。

「我姓澤渡，今年三十七歲，離過一次婚。」

「澤渡哥，有人這麼自我介紹的嗎？」

兩個女生聽到園部這麼說，都噗哧一聲笑了起來。

我不經意地打量餐廳內，看到和我們一樣，有男有女的團體。這家餐廳的目標客群應該是比我更年輕的人，所以讓我有一種懷念的感覺。和希里子結婚之前，我們經常來這種餐廳，用餐價格不會太貴，不需要太拘謹，又可以吃得很飽。

我把餐盤裡的料理分裝在小盤子裡，坐在我對面的短髮女生宮田說道。

「好厲害，澤渡先生，你很會分菜。」

她法式袖口下的纖細手臂伸了過來，手腕上的金色細手鍊正閃閃發亮。

「男人要負責分菜。」

希里子是第一個告訴我這件事的女人，她還教我單手使用叉匙分菜的方法。剛開始交往時，比我大兩歲的她就像是我的姊姊。

從大學時開始談了多年的戀愛結束，我決定不再談戀愛時遇到了她。她來我們公司擔任線上會議的口譯工作，我就這樣認識了她。見了幾次面之後，有時候會聊幾句。某次長時間的會議結束後，她主動問我：「下次要不要一起去吃飯？」那一年我三十歲，她三十二歲。之後的感情發展很迅速，我們交往兩年後結婚，希穗在隔年出生。我在一家頗有規模的藥廠從事業務工作，希里子是自由譯者，我們都有工作，而且工作也都很順利，女兒也很健康。

那一天，我和她討論是否要搬離目前的舊公寓，去買新建的公寓。我人生的棋子走得很順，完全沒有任何阻礙。

「我有了喜歡的人，所以無法和你繼續一起生活。」在希里子對我說這句話的那天之後，一切都變了。

「學長！學長！」

園部的叫聲把我拉回了現實。

「你不要心不在焉啦！」

「沒有啦，今天太熱了，腦袋有點昏昏沉沉。」

我說。

「萬一中暑就慘了。」

宮田把手伸進放在一旁的皮包。

「你把這個貼在脖頸上，整個人會舒服很多。」她遞了一張散熱貼片給我。

「謝、謝謝……」

我撕下薄薄的塑膠膜，把塗了藍色凝膠的貼片貼在脖頸時，又忍不住想起希穗以前也經常使用散熱貼片，每次都貼在她小小的額頭上。她經常發高燒，也曾經在半夜帶她去醫院。我不了解亞利桑那州的醫療情況，不知道是否能夠像在日本時一樣隨時去醫院就診。我至今仍然無法理解希里子為什麼要把希穗帶去那種地方。

園部不知道說了什麼笑話，不停地逗得兩個女生發笑。我的臉上擠出了笑容，但完全心不在焉。我覺得自己出現在這種地方就是一個錯誤。

聚會還是繼續進行，園部可能在聊天時透露了我的住處，於是就變成和同方向的宮田搭上了同一班電車。晚上十點多的電車有點擁擠，在其他乘客的推擠之下，我和宮田在車廂內面對面，我拿著皮包的左手剛好放在嬌小的宮田眼前。她指了指我左手的無名指說道。

「這裡還有痕跡。」

我低下頭，看著她手指的位置，的確還有淡淡的痕跡。即使拿下了婚戒，希里子和希穗從我眼前消失的事實在我心靈的泥濘中留下了深深的軌跡，就像婚戒在手指上留下的痕跡。

我不記得當時怎麼回答宮田的，之後的記憶呈現點狀。我也不記得是誰提議的，總之我們在新宿下了車，走進了一家沒什麼客人的地下室酒吧。我喝了平時不會喝的酒，然後喝醉了。宮田的酒量很好，自始至終保持冷靜。我似乎向她示弱，藉著醉意，把頭靠在她的肩膀上。喝了好幾杯酒精濃度很高的雞尾酒後離開了酒吧，在通往地面的樓梯上，我忍不住拉著她的手臂，她委婉地拒絕了。

「在戒指的痕跡還沒有消失之前，是否不該操之過急？」

她自以為是的語氣讓我感到生氣，我獨自搭上計程車，把她留在原地，甚至沒有回頭看她一眼。爛人、渣男。這些字眼在我內心迴盪。我蹣跚地回到家，站在廚房的流理台前，拿著從冰箱裡拿出來的礦泉水直接喝了起來。冷靜的宮田說得沒錯，我這種爛人根本沒有權利和別人談戀愛，沒有人能夠代替希里子。我又對自己說了這些不知道曾經重複了多少次的話，慢慢撕下了貼在脖頸上的散熱貼。

星期六一大早，隔壁鄰居家就傳來吵鬧的動靜。隔壁有很長一段時間都沒有住人，可能有人搬進來了。我打掃了家裡，又洗了衣服，把洗好的衣服晾在浴室時，太陽穴開始隱隱作痛。最近每次下雨之前都會頭痛，新聞報導說，這種症狀稱為氣象病，但還不至於嚴重到需要就醫的程度。我躺在沙發上猶豫著該不該吃頭痛藥，又覺得要先吃點東西，最後睡意占了上風，不知不覺中昏睡過去。

下午四點多時，玄關的門鈴響了，隔著防盜貓眼發現有一個女人站在門前。很少有人來找我，我緊張地站在門前。

「不好意思，我剛搬來隔壁。」

對講機傳來響亮的聲音。我擔心眼睛上有眼屎，慌忙揉了揉眼睛，慢慢打開了門。一個比希里子稍微年長的女人，和一個年紀和希穗相仿的女孩站在門口。女人把一頭長髮鬆鬆地綁在腦後，穿著T恤和牛仔褲，一身輕鬆打扮。女孩一頭齊肩的頭髮披在肩上，穿著水藍色格子洋裝，胖嘟嘟的臉看起來有點像以前在美術課本上的《麗子像》。

「不好意思，一大早就很吵，我是剛搬來隔壁的船場。我是單親媽媽，和年幼的女兒一起生活，以後可能會給你添麻煩……」

她在說話的同時，遞給我一個小紙袋。

「不不不，妳別這麼說，謝謝妳這麼貼心，還這麼多禮……我姓澤渡。」

船場的視線停在放在玄關處的兒童腳踏車上。粉紅色的兒童腳踏車是希穗兩歲生日時，我送她的生日禮物。

「啊，你家也有年幼的孩子。」

「啊，不，這……」

我一時語塞，但也不想說很容易被拆穿的謊言。

「……我離婚了。」

「啊，真不好意思，第一次見面，就很沒禮貌地問這種隱私的問題……」

「不，沒關係，如果妳有什麼不了解的事，隨時可以問我。」

船場聽了我的回答，誠惶誠恐地離開了。在關上門後，我輕輕嘆了一口氣。走回客廳時，打開袋子一看，原來是兩條印了貓圖案的抹布。如果希穗還在，一定會很高興。我這麼想著，把抹布連同袋子放進了流理台下的櫃子。

單親媽媽帶著年幼的女兒一起生活。我思考著她初次見面用這種方式自我介紹的理由，再度倒在沙發上。一直開著空調的密閉房間很悶，我稍微打開了落地窗。隔壁可能也打開了落地窗，聽到像是剛才的小女孩發出的聲音。好久沒有這樣近距離聽到小孩子的聲音了。我帶著頭痛，又陷入了熟睡，直到晚上八點多才再次醒來，用冰箱裡的食材隨便炒了蔬菜吃完後，獨自回到床上睡覺。

離婚之後，星期天都閒得發慌。星期六的時候，洗完一個星期累積的衣物、打掃房間、出門買菜，天就黑了，因此到了星期天，就無事可做。希里子和希穗以前還在的時候，我經常下廚做菜，現在卻提不起勁來。早餐吃穀麥片，中午煮乾麵，晚上就去附近的家庭餐廳或是居酒屋打發一餐，但有時候我也會做一些稱不上是料理的料理隨便填飽肚子。

天氣晴朗的時候，有時候會去附近的公園跑一下，但今天下雨。

我坐在餐桌旁，花了一點時間處理完之前還沒有完成的工作後，開了一罐啤酒，躺在沙發上。和昨天一樣，太陽穴隱隱作痛，最後忍不住吃了頭痛藥，結果迷迷糊糊睡著了。我夢見了希穗，但希里子沒有在夢境中出現。希穗用流利的英文大叫著什麼。希穗，妳再說一次，用英文慢慢說。我用日文這麼對她說，但她還是不停地說英文。希穗可以在說話時完美而正確地發出L和R的音，那是我絕對無法做到的事。我已經無法和希穗藉由聊天彼此心靈相通，這麼一想，就覺得連結我們之間那條很細的線被割斷了。

「希穗！」在我叫著她名字的瞬間，就從睡夢中醒來。

咖哩的香味從開著的落地窗飄了進來。一看時鐘，已經傍晚六點多了。我想像著比希穗年紀更小的女孩和船場兩個人坐在餐桌旁吃飯的樣子，覺得內心有一種被揪緊的感覺。

我和遠在亞利桑那州的希穗約定，她會在星期天深夜用 FaceTime 和我通話。日本時間的深夜兩點，是亞利桑那州的上午十點。我喝著杯子中的蘇格蘭酒等她的電話。我無法忍受悶熱，準備關窗戶開冷氣時，聽到小孩子大聲哭泣。是船場家傳出的聲音嗎？她女兒深夜還在哭？然後又想起小孩子遇到環境發生變化時就會哭鬧，也曾經聽希里子提到，希穗剛去亞利桑那州時也整天都在哭。妳把她帶去那麼遙遠的地方，她當然會哭啊。雖然我當時這麼想，但並沒有說出口。哭聲還在持續，我想像著船場在旁邊安撫女兒的樣子。

深夜兩點整，響起了來電鈴聲，希穗的笑容占據了整個電腦螢幕。希里子從來不會出現在螢幕中，每次都是希里子的新老公協助希穗操作，滿是手毛的手會不時從希穗後方伸過來。我從來沒有和他說過話，也沒有這種必要。希穗的日文已經變得很差，聊天時會頻繁夾雜英語：我和媽咪、爹地一起去公園，每次都會在那裡看到一頭很大的黑狗。爹地，你每天都去公司上班嗎？爹地，你今天吃了什麼？希穗像胡頹子果實般的嘴唇好像在發射子彈般喋喋不休，我有時候會答不上來，但還是努力回答她的問題。她以前在日本時叫我爸爸，現在變成了爹地。她似乎並沒有對有兩個爹地這件事產生疑問，不知道她的小腦袋瓜裡如何理解自己身處的狀況？我內心有點憎恨希里子把希穗逼入目前的境地，但是希里子從來不會出現在螢幕中，所以我無處宣洩這種感情。通話時間該結束了。希穗的新爹地用英文說了這句話，螢幕就突然變暗了。電腦的黑色螢幕上只反射了自己的臉，我覺得這張臉蒼老了許多。不知道希穗看到我這張臉有什麼感覺？我根本來不及問她任何問題。我用乾澀的聲音輕輕笑了笑，把電腦關機了。

週一到週五每天都去公司上班，整天做一成不變的工作。澤渡，只有你可以搞定這個客戶。即使上司把難搞的客戶塞給我，我也不會有任何意見。我完全不擔心工作上的失敗，反正要不了我的命，工作上不可能發生像希里子和希穗突然從我面前消失這種等級的事。

深夜回家的路上，看到好像雪洞燈般的繡球花浮現在黑暗中，才猛然驚覺季節的轉換。蝸鳥（牛）。穿著黃色雨靴、撐著黃色雨傘的希穗曾經口齒不清地這麼說著，一直站著看在繡球花的葉子上爬行的蝸牛。不知道亞利桑那州有沒有蝸牛。聽到亞利桑那州這個地名，我只覺得那裡是一片沙漠的地方。

下雨的星期六，我像往常一樣洗衣服、打掃，隔天星期天的天空竟然放晴了，於是我去了公園。我沒有去以前經常帶希穗去的那個有很多小孩子的公園，把文庫本的書和野餐墊（這也是希里子為希穗買的）放進托特包，去附近的便利商店買了一罐啤酒。

水池旁的那個公園離車站和住宅區都很遠，所以很少有大人帶小孩去那裡玩。我把野餐墊鋪在一棵大樹的樹蔭下，喝著啤酒，看著文庫本。那是我在書店隨便買的一本推理小說，但內容完全無法進入腦袋。我放棄了，把書攤在肚子上仰躺著。陽光穿越茂密樹葉的縫隙照在我臉上，刺眼的陽光讓我閉上了眼睛。這時，手機震動起來。是希穗嗎？但立刻告訴自己，不可能有這種事。我拿出手機看了一下，原來是上次一起聚餐的宮田傳來簡訊，但我不記得曾經留給她手機號碼。

『天氣晴朗的星期天，不知道你在幹什麼？』

簡訊只有這句話。

我在樹蔭下喝啤酒看樹。我打字打到一半又刪掉了，因為我擔心這句話會成為某種起點。我看向左手無名指，仍然可以看到淡淡的戒指痕跡。

「在戒指的痕跡還沒有消失之前，是否不該操之過急？」

我仍然記得她在那天晚上對我說的話，難道她改變心意了嗎？還是說，只是剛好閒著無聊？我粗暴地把手機丟在野餐墊上。

這時，有一個塑膠球滾到我的腳邊。我撿起球，抬頭準備把球丟回去時，發現搬來隔壁的新鄰居船場站在我面前，戴著草帽的女孩站在她後方。「啊！」我們都叫了一聲，點頭打了招呼。

「媽媽！」女孩叫了一聲。

「來了。」船場回頭應了一聲，又向我鞠了一躬說：「那我先過去了。」

「要不要我幫忙？」

「啊？」

「我是說玩球，妳在這裡稍微休息一下。」我說完這句話，示意船場坐在野餐墊上。因為船場滿頭大汗，滿臉通紅，所以我才會脫口這麼問她。我向自己辯解著，輕輕把球踢向女孩。即使看到我踢球，女孩似乎也沒有排斥。球在女孩和我之間移動了好幾次。再一次、再一次。雖然女孩滿頭大汗，但她的要求沒有停止，我也回應了她的要求。女孩的臉已經通紅。

「沙帆，要休息一下，否則會中暑。」

聽到船場的聲音，我讓球停了下來，在調整呼吸時，覺得「希穗」和「沙帆」的發音有點像。沙帆跑向坐在野餐墊上的船場，撲進她的懷裡。船場用小毛巾為沙帆擦汗，讓她喝了裝在水壺中的飲料。我偷偷喝著已經變熱的啤酒。

「不好意思，這孩子一直沒完沒了。」

「別這麼說，我剛好可以運動一下。」說完，我在和船場、沙帆保持了一點距離的地方坐了下來，拿出放在牛仔褲後方口袋裡的大手帕擦了擦汗。

「你果然很厲害。」

船場說完，遞給我一瓶礦泉水。不知道礦泉水剛才是否放在冰桶內，礦泉水有點冰冰的。船場並沒有明確說明哪方面厲害，是踢球，還是陪小孩子玩？她說完這句話，就低頭照顧沙帆。沙帆被船場抱在手上，看了看我的臉，又看了看船場的臉，然後害羞地把臉埋在了船場的胸前。

「沙帆差不多三歲左右嗎？」

「對，她上個月滿三歲，但她個子很高，也很愛運動，每逢假日，就把我累得半死……你剛才陪她玩，真是幫了大忙，謝謝你。」

「爸爸？」

沙帆抬頭看著船場問。

「不是不是，他不是爸爸，是澤渡先生……不好意思，這個孩子每次看到成年男子，都會……」

我猜想沙帆可能不記得她的爸爸長什麼樣子，但我無法開口發問，船場也沒有說。她可能並不想說。但是被沙帆誤認為爸爸，我內心的確有一種酥酥麻麻的甜蜜。她不是說爹地，而是說爸爸。

噴水池的水一下子噴很高，打破了有點尷尬的沉默。

「媽媽，那是大海嗎？」

「不，不是大海，是噴水池的水。」

「沙帆想去海邊。媽媽，什麼時候可以去海邊？」

「嗯……」船場應了一聲之後就陷入了沉默。我注視著她的側臉，她的五官端麗，鼻子很挺，白皙的皮膚很光滑，臉頰上有一些淡淡的雀斑。我覺得她很漂亮，雖然對她一無所知，不知道她做什麼工作，也不知道她為什麼會成為單親媽媽，她也完全不了解我。我原本並不打算說，但看著她的側臉，忍不住脫口對她說道。

「前妻和我離婚後，帶女兒去了亞利桑那州。」

船場一臉驚訝地看著我，然後轉頭看向前方說。

「真遠啊……」

「是啊，很遠……」

「甚至無法想像那是怎樣的地方。」

這樣就足夠了。只要有人能夠聽我說，前妻和女兒在離這裡很遙遠的地方，這樣就足夠了。但是我無法和剛才傳簡訊給我的宮田說這種事，正因為我和船場都經歷過不為人知的傷痛，所以才能聊這些。

「啊啊，沙帆睡著了。」

船場發出快哭出來的聲音說。沙帆可能玩球玩太累了，額頭流著汗，全身放鬆地躺在船場的懷裡。我能夠想像有多重，我知道小孩子睡著時比醒著的時候更重。

「我來抱吧。」

「啊？這怎麼行？」

「但是妳拿這麼多東西，抱她太辛苦了，而且還有嬰兒車。」

陽光下，船場的大包包內塞著球和水壺放在野餐墊上。船場皺起眉頭，好像快哭出來了。

「不好意思，真的太不好意思了。」

我假裝沒有聽到她的聲音，把沙帆抱了起來。船場拿起自己的大包包和我的托特包走在我身旁。我們一起走回公寓。沙帆的身體很柔軟，可以感受到她細瘦的骨骼，流了汗的身體簡直就像是兩棲類的皮膚，而且夾雜了淡淡的灰塵味道。沙帆比希穗離開我時更高，體重也更重，但所有這一切都令我感到懷念。

「那個，真的很不好意思。」

走到通往公寓的坡道前時，船場對我說。

「不，這根本是小事一樁。」雖然我嘴上這麼說，但好久沒有抱小孩，腰開始痛了起來。我把沙帆重新抱好。

「請問晚上會不會很吵？因為她每次都不想刷牙……所以都會哭得很大聲……」

「喔，我女兒以前也一樣。」

雖然我這麼安慰她，但事實上並非如此。希穗是一個聽話的孩子，如果我下班早回家，都是由我負責為她刷牙。只要對她說一聲：「刷牙了。」她就會把小腦袋放在我的腿上，乖乖張開嘴巴，完全不會抵抗。

走到公寓門口時剛好遇到左內太太，抱著沙帆的我和船場同時向她鞠躬打招呼，她張大了嘴，似乎想說什麼。不難想像擦身而過之後，她仍然看著我們。

我和船場一起走進電梯，在同一個樓層走出電梯。船場用鑰匙打開門時，沙帆醒了。

「爸爸……」

「這孩子真是……不好意思啊。」

船場的眉頭鎖得更深了，把滿身大汗的沙帆接過去時向我鞠了一躬說道。

「真的很抱歉。」

我忍不住覺得她經常向別人道歉。不知道是她天生的性格，還是因為單親媽媽的關係，但是她的態度讓我情不自禁地說道。

「我可以開車帶妳們去海邊，反正車上的兒童座椅也還沒拆掉，如果不偶爾開一下，對車子也不好。」

船場張大了嘴巴，但沒有發出「啊」的聲音，而是愣在那裡。我沒有等她回答，就說了聲「那就改天見」，打開了自己家裡的門走了進去。滿是汗水的T恤上還有沙帆的奶香味。

「你有和她聯絡嗎？」

我在公司食堂吃飯時，坐在對面的園部問我。

我立刻意識到他說的是宮田，但我沒有吭聲。

「她好像對你很有興趣……聽說那天解散之後，你們兩個人又去別家店喝酒。澤渡哥，沒想到你扮豬吃老虎，原來是個狠角色。」

我覺得自己的臉紅到了耳根，慌忙把小碟子裡的醃白菜放進嘴裡。我假裝喝醉，把頭靠在她肩上，然後在昏暗的樓梯上抓她的手臂。我不知道宮田對園部說了什麼，總覺得園部好像知道那天晚上所有的事。咀嚼白菜的聲音在太陽穴的位置響起，我沒有說話，默默看著左手無名指。和上次一樣，手指上仍然可以看到淡淡的戒指痕跡。

「你遇到重要的問題就不吭聲了，難道你不覺得她很出色，離過婚的男人有點配不上她嗎？」

我忍不住抬起頭。

「對不起，我說過頭了。」

園部默默低頭道歉。

放在桌上的私用手機震動起來。收到了簡訊，是宮田傳來的。

『下次要不要一起吃飯？可以選你方便的時間。』

我看了螢幕，輕輕嘆了一口氣，然後把手機螢幕朝下放回桌上。

「是不是宮田傳來的？」

園部大口扒著炸豬排飯問。

我默默點了點頭。

「雖然那天的飯局是我約的，但我搞不懂你為什麼這麼受歡迎，另一個女生也……難道離過一次婚的男人有什麼我看不懂的魅力嗎？」

他歪著頭，喃喃自語著。我愣愣地看著他。

「啊，對不起，我又說了不該說的話。」

「我並沒有生氣，只不過……」

「只不過？」

「因為很久沒遇到這種事，所以有點不知所措。」

園部喝完所剩不多的味噌湯後說道。

「不知所措？你又不是高中生……搞不好現在是你的桃花期。」

「桃花期。」我重複了這個好久沒聽到的字眼，差一點笑出來。

「桃花期稍縱即逝……澤渡哥，你要好好把握，那我先回辦公室了。」

園部說話的同時，雙手拿著放了空碗盤的塑膠托盤起身離開了。

我目送他走出食堂的背影，然後又看向螢幕朝下的手機。我沒有看宮田傳來的簡訊，因為ＬＩＮＥ收到了訊息。

『這個星期天，可以厚臉皮麻煩你嗎？如果你工作很忙，請直接告訴我，不必有任何顧慮。』

是船場傳來的訊息。那天之後，我又在公園遇到她幾次，於是交換了ＬＩＮＥ。老實說，我是抱著「去那個公園，也許會見到她」的想法，所以星期天的時候，只要天氣晴朗，我就會去那個公園。雖然不是每次都會遇到，也有無法見到船場和沙帆的日子，但只要遇見她們，我就會陪沙帆玩，然後喝船場為我倒的冰咖啡。

我腦海中浮現了「辦家家酒」這個字眼。也許現在的我需要的不是像宮田那樣健康的單身女子，而是像船場這樣孤軍奮鬥，對育兒和生活感到疲累的女人。

上個星期天，我問船場：「要不要下個星期天去海邊走走？」船場起初並沒有點頭。

「我不能這麼麻煩你。」

「我偶爾也想放鬆一下，妳願意陪我嗎？」船場聽我這麼說之後，終於好像說服了自己般點了點頭。我盤腿而坐，坐在我身上的沙帆可能聽到了我們的談話，抬頭看著我的臉問道。

「沙帆要去海邊了嗎？」

「對啊，妳、媽媽和我，我們要開車去海邊。」

「海邊！海邊！」沙帆歡呼著站了起來，在野餐墊上跳了起來。

簡直就像一家人。希里子已經在亞利桑那州建立了新的家庭，我當然也有同樣的權利。但是希穗怎麼辦呢？希穗已經有了新的爹地，雖然我是她的親生父親，這件事一輩子都不會改變，但希穗成長的過程中，會認為那個我從來沒見過的白種男人是她的父親。既然這樣，我的餘生或許也可以成為沙帆的爸爸。這種甜蜜的幻想在我內心漸漸膨脹。

從公園回到公寓後，我們在各自家門口道別。因為是老舊公寓，即使門窗緊閉，也可以聽到隔壁說話的聲音和動靜。星期天深夜，在等希穗打FaceTime給我時，經常會聽到小孩子大哭的聲音，我一直以為是沙帆在夜間哭鬧。這天晚上，希穗遲遲沒有打電話給我，我擔心出了什麼事，於是撥了希里子的號碼。希里子的臉出現在手機螢幕上，我已經有一年沒看到她了。

「希穗發燒了……」

「沒問題嗎？」

「等一下要和戴維一起帶她去看醫生。」

「是嗎？那就多保重。」

「謝謝。」

希里子說完這句話，螢幕就變暗了。一年未見的希里子頭髮變長了，神情看起來有點疲憊。希穗沒問題嗎？雖然有點擔心，但她並不是一個人在亞利桑那州，希里子和戴維都陪在她身旁。即使明知如此，內心還是感到不安，即使躺在床上，眼睛仍然睜得大大的，最後聽著隔壁傳來的沙帆哭聲，在不知不覺中進入了沉睡的世界。

那一週的星期天雖然氣溫很高，但天氣很不穩定。ＦＭ電台的天氣預報說，下午可能會突然下雷陣雨，但沙帆才三歲，並不是要在烈日下游泳很久，只要帶她去海邊看海就好。上午八點，我在公寓門口等船場和沙帆，內心祈禱不要遇到塞車。看到她們母女走過來時，我走下車，為她們打開後車座的車門。沙帆起初有點不太願意，最後還是乖乖坐在兒童座椅上。我請船場坐在副駕駛座上。她想了一下，最後在我旁邊坐了下來。我慢慢把車子開了出去。

「我可以稍微打開車窗嗎？」

「好，當然可以。」

車內瀰漫著溫熱的空氣。船場撥著被吹亂的頭髮，轉頭看向後車座笑著說道。

「沙帆，好棒喔，可以看到海欸。」

「嗯，沙帆要去海邊，坐咘咘，和媽媽、葛格一起去。」

沙帆不知道從什麼時候開始叫我葛格，但幾次中會有一次叫爸爸。船場每次聽到，就會糾正她說「是澤渡先生」，但沙帆不會說這幾個字，船場在無奈之下，同時顧慮到我的心情，於是要她叫我「哥哥」（以年齡來說，我已經是百分之百的叔叔了），於是那天之後，我就成為沙帆的葛格了。我不知道自己在沙帆腦海中的定位，但她看起來並不討厭我。

沙帆手上拿著粉紅色兔娃娃，安靜地看著窗外，看起來並沒有暈車。我很久沒有開車，再加上今天載了船場和沙帆去很遠的地方，起初有點緊張，但隨著離大海越來越近，我想起以前曾經多次在星期天帶著希里子和希穗一起開車出門，所以也就越開越穩了。

我想起了某一次出門兜風的事。那是在希里子告訴我，她有喜歡的人之後。我忘了那天去哪裡，看到希穗在後車座睡得很熟就放了心，於是和希里子大吵一架。希穗被希里子的大叫聲吵醒，最後我們兩個人一起安撫她。

「她晚上哭鬧很辛苦吧。」

我看向前方，隨口說了這句話。

「啊啊，果然可以聽到嗎？不好意思，她似乎還無法適應新家的環境……而且整天哭著說爸爸不在、爸爸不在。」

我的心突然被揪緊。不知道去了亞利桑那州的希穗，是否也曾經這樣哭過。希里子用什麼話安慰、安撫希穗？

「請妳完全不必放在心上，因為我對小孩子的哭聲已經習慣了。」

「真的很抱歉，你上班回家已經很累，還影響你的睡眠。」

「不，妳也一樣啊。白天要上班，還要去托兒所接她，做晚餐給她吃，還要幫她洗澡、刷牙。」

我說到一半時，船場笑了起來，我發現她看著我的雙眼有點紅。之前在公園聊天時，得知她在營養食品公司做行銷工作，還知道她的父母住在遠方，很少有機會看到沙帆。在公園遇到她時，從來沒有看到她和其他媽媽在一起，也就是說，她在住家附近沒有人可以依靠，獨立照顧女兒。我很希望今天去海邊能夠讓她和沙帆都散散心。

離海邊越來越近時，天氣也越來越不穩定，雨的味道從敞開的窗戶飄了進來。抬頭看到的烏雲似乎聚集了滿滿的雨滴，但我仍然開車帶她們繼續前往海邊，最後在山和山之間，隱約看到了海平面。

「啊，大海！」船場就像小孩子般歡呼起來，沙帆則不知道什麼時候睡著了。隨著漸漸駛向大海，風中也帶著海水的味道。在正午稍過時，雨滴開始滴答滴答打在擋風玻璃上，我把車子停在離海岸不遠的停車場，除了我的車子以外，幾乎看不到其他車子。天空已經下起了大雨，我有生以來第一次在這種天氣來海邊，原本是淡灰色的海岸轉眼之間變成了深灰色。

「海邊到了嗎？」

坐在後車座的沙帆睡眼惺忪地問。

「雖然到了，但在下雨……」

「不能去海裡游泳嗎？」
「今天可能沒辦法。」
沙帆哭得聲嘶力竭，幾乎撕裂車內悶熱的空氣。這麼近距離聽到她的哭聲，發現的確很震撼，簡直會讓人抓狂。坐在副駕駛座上的船場伸出手，溫柔地撫摸沙帆的大腿。
「那我們看著大海吃午餐，好不好？」
船場在說話時，從放在腿上的皮包中拿出畫了什麼卡通圖案的塑膠便當盒。她打開蓋子，我探頭看了一下，發現裡面交叉放著紅色和綠色的三明治。綠色是小黃瓜，紅色夾了果醬。她又拿了一個大一號的便當盒遞給我，裡面裝了相同的三明治。
「如果不嫌棄，請你嚐嚐。」

船場把便當盒交給我後，打開車門，坐在後車座。她遞了一塊三明治給沙帆，沙帆推開了，夾在三明治內的小黃瓜片都散在兒童座椅周圍。

「沙帆！」

船場大喝一聲，但沙帆仍然沒有停止哭泣。我想起在多年育兒生活中，幾乎所有的時間都讓人感到厭煩。希里子和希穗還沒有離開之前，也曾經多次發生類似的情況。我忍不住說道。

「那就一下下。」

既然已經來到這裡，我想讓沙帆近距離看一看大海，讓她接觸一下大海。我打開車門，撐著雨傘，打開了後車座的門，解開兒童座椅的椅扣，把沙帆抱了起來。也許是因為在哭的關係，她的身體都冒著汗。我抱著她走向大海。海浪打了過來，然後又退了回去，留下白色的泡沫。我抱著沙帆，讓她穿著拖鞋的腳浸在海水中。她起初很害怕，把腳縮了起來，但漸漸覺得好玩，主動伸出了腳。她想站在海水中，於是我放下她，讓她站在沙灘上。她兩隻胖胖的腳站在海岸邊，我把雨傘撐在她頭上，另一隻手緊緊握著她，以免她被海浪沖走。我的襯衫左肩已經被雨淋得濕透。

「這是大海？大海嗎？」沙帆抬頭看著我問。

「對啊，雖然今天下雨，但這就是大海。」

不知道是否因為海浪打在腳上有點癢，沙帆發出了歡快的聲音。我握著她的手，看著大海。一片淺墨色的汪洋，大海和沙灘都呈現出灰色的漸層，沙帆Ｔ恤的紅色圓點是這片空間內唯一鮮豔的色彩，似乎只有那裡的生命在呼吸。這片大海可以通往美國，但亞利桑那州應該沒有大海，不知道希穗什麼時候會看到大海。

當我回過神時，發現船場站在我身旁為我撐傘。她的臉都被雨淋濕了，一縷頭髮黏在臉上。

「謝謝你，沙帆應該已經滿足了。」

船場對我說，我握住了她的手。並沒有任何特別的用意，只是動物性的反射。她的手很溫暖，和沙帆熱熱的手掌感覺不一樣。我驚覺自己好久沒有感受過這種溫暖了。船場並沒有甩開我的手。雨下在海裡，雨已經不再是雨，而是變成了海水。雨水和海水的界線到底在哪裡？我看著灰濛濛的大海，茫然地思考著這個問題。

雨越下越大，沙帆又開始哭喪著臉，船場半強迫地把她抱上了車，用毛巾擦拭她的全身。船場遞了另一條毛巾給我，毛巾上帶有別人家的氣味。我們坐在車上吃著船場帶來的三明治。

「都不能游泳。」沙帆沒有把嘴裡的三明治吞下去就大聲說道。

「我們下次再來。」

坐在沙帆身旁的船場瞇眼看著我的臉。

「下次天氣好的時候再來。」

「嗯！」沙帆嘴裡的三明治碎屑掉了下來。

不知道是因為剛才太興奮，還是吃飽了，沙帆在回程的車上也睡著了。

「我好久沒有看到她這麼高興了，真的太感謝你了。」

「這種小事，我隨時都可以幫忙。」

我在說話時，從後視鏡中看了看熟睡的沙帆。她胖胖的大腿從短裙下露了出來，我看到她的大腿上有紫紅色像是瘀青的斑點，但我猜想可能是天生的，所以完全沒有提起這件事。

「我不要和葛格拜拜。」

回到公寓時，睡得迷迷糊糊的沙帆哭鬧起來。時間還不到傍晚六點。回程的路上，雨已經停了，不知道這一帶是否沒有下雨，地面是乾的。

「沙帆，不可以這樣，明天也要去托兒所，要早一點吃飯然後上床睡覺。」

「要不要稍微休息一下？我來泡咖啡，妳應該也累壞了吧？」

船場露出手足無措的表情，但我很想為她泡一杯咖啡，兩個人一起喝咖啡。沙帆就像回到自己家般走進了我家，我從壁櫥中拿了希穗的玩具給她。絨毛娃娃、人偶、積木，都是希穗留下的玩具。沙帆伸直了腿，坐在客廳的地毯上，獨自玩了起來。我請船場坐在餐桌旁，走去廚房泡咖啡。船場不經意地打量房間後說道。

「你家裡整理得很乾淨，和我家完全不一樣。」

「我只有晚上回家睡覺而已。」

我把咖啡杯遞到船場面前，她伸手接過杯子，一臉陶醉地嗅聞著香氣。

「好久沒有喝別人為我泡的咖啡了。」

「只要妳不嫌棄，我隨時都可以泡給妳喝。」

這是我的肺腑之言。

「今天真的非常感謝你，沙帆任性地提出很多要求……她一旦說出口，就怎麼勸也勸不聽，不知道像誰……不，也許不是沙帆性格的問題，而是我的教育方法出了問題。」船場說完，嘆了一口氣。

「我丈夫，不，是我前夫也為這件事數落過我好幾次。」

船場哭了一會兒，但我不知道該對她說什麼，只握住了她放在桌上的手。

「啊，那幅畫。」

船場突然開了口，似乎想要改變話題，然後輕輕把手抽離。客廳和臥室之間的拉門沒有關上，從她坐的地方，可以看到矮櫃上的那一幅畫。

「這幅畫叫什麼名字？」

「喔，那幅畫叫《潮濕的海》。」

「我以前曾經在電視上看過，所以有印象。我一直好奇這幅畫叫什麼名字，但上網也沒查到……」

不知道她是在結婚的那段時間看到的，還是離婚之後才看到。既然這幅陰鬱的畫讓她留下了印象，顯然她的婚姻生活並不美滿。我沒有多說什麼。妻子曾經喜歡這幅畫。妻子把這幅畫留在這個家。妻子為什麼喜歡這幅畫？我從來不曾問過妻子其中的理由。你只關心你自己，對別人完全沒有興趣。耳邊似乎響起之前妻子質問我的聲音。

和船場一起喝的咖啡很好喝，沙帆不時單手拿著絨毛娃娃，把臉埋進船場的腿上撒嬌。「未來」這兩個字浮現在我腦海。我將成為沙帆的爸爸、船場的丈夫，邁向未來的人生。太可笑了。雖然我這麼想，但又覺得眼前的景象完全就像是一家人。船場用母親的聲音說話，打斷了我甜蜜的幻想。

「沙帆，我們要回家了，還要準備做晚餐。」

「要不要我來做點簡單的？」

「不，不能這麼麻煩你，而且她偏食又過敏，能夠吃的食物有限。」

船場露出為難的表情說。既然她這麼說，我也無法勉強。船場想要把沙帆手上的長頸鹿絨毛娃娃交給我時，沙帆又哭著大叫。

「不要，這是沙帆的長頸鹿！」

沙帆躺在地上打滾。

「留在我家裡也沒有用。」

我把絨毛娃娃遞給抽抽噎噎的沙帆，她緊緊抱在胸前，似乎表示那是她的東西。

「這孩子真是太任性了。」船場向我鞠躬。

「沙帆要和葛格在一起，要和葛格在一起！」

船場抱起了沙帆，沙帆大喊大叫，好像剛釣上來的大魚般在她懷裡扭著身體。她連續向我鞠了好幾次躬，走回自己家裡。她們離開時，我又看到了沙帆腿上的瘀青。隔壁的門關上了，我輕輕嘆了一口氣。

船場回家之後，沙帆的哭聲遲遲沒有安靜下來。我猜想可能帶她去海邊，導致她情緒太激動了。這麼一想，就覺得很對不起船場。我用冰箱裡剩下的食材，炒了一個不知道該叫什麼名字的大雜燴，配著啤酒吃了下去。

我設定了凌晨兩點的鬧鐘，等待希穗用FaceTime和我聯絡，但到了和上週相同的時間，手機仍然是鎖定畫面。我猜想希穗的身體可能還沒好，我又不想主動打電話，像上週那樣看到希里子的臭臉。等了一會兒後終於放棄，躺在床上睡覺。

結果又作了相同的夢，只不過出現在夢境中的並不是希里子和希穗，而是船場和沙帆。她們母女在被雨淋得很沉重的沙灘下方的黑暗中，我就像之前夢境中一樣，拿著牛骨去接她們，總算搞定了黑狗。我叫著她們的名字。我絕對不會回頭。我聽到她們很輕的腳步聲。在黑暗中走了一陣子，聽到了海浪和雨聲，而且還有人說話的聲音。在遙遠的地方，從後方向我跑來的輕微腳步聲。

「爹地！」

是希穗。我聽到這個聲音，忍不住回了頭。希穗細得好像快折斷的手臂緊緊抱住了我的大腿。我抬起頭，看到了船場和沙帆，她們的身體都是用沙子做的，就在我和船場眼神交會的瞬間，她們的身體就被打在她們腳上的海浪沖垮了。啊啊。我還來不及感到驚訝，她們的身體就溶入了海浪，被大海沖走了。希穗抬頭看著我的臉問道。

「爹地，你永遠都是我的爹地，對嗎？」

對啊。我想要回答，但嘴巴好像被黏膠黏住，完全無法張開。然後我就醒了。我明明已經有了希穗這個女兒，卻帶沙帆去海邊，還把希穗留下的長頸鹿絨毛娃娃也送給了她。也許是內心隱約的罪惡感，讓我作了這個夢。希穗，無論發生任何事，我都是妳的爸爸。我在內心嘀咕後，再次閉上了眼睛。

那天之後，我和船場、沙帆每個星期天都在一起，只是我們從來沒有一起吃過晚餐。船場和沙帆曾經來過我家幾次，我卻從來沒有受邀去她們家。雖然我不知道我們這種方式的交往終點在哪裡，但對我來說，和她們母女共度的週日，就像是代表繁忙上班日結束的休止符。梅雨季節結束後，迎來了盛夏季節，我和沙帆約定，一定要再去海邊。

星期五晚上，我留在公司加班，處理未完成的工作，也留下來加班的園部走到我辦公桌旁說。

「宮田說她很失望，她說傳了訊息給你，你都沒有回覆。」

「她根本沒打算和我交往。」

「你為什麼會這麼認為？感覺她很認真啊……她說星期天傳簡訊給你，你也都沒有回覆，所以猜想你是不是已經有交往的人。」
「怎麼可能？現在哪有這種心思？」
「但你最近曬得很黑，而且看起來心情很愉快。」
每個星期天，都和沙帆在公園跑來跑去，所以當然會曬黑。雖然我和園部關係不錯，但我並不打算把船場和沙帆的事告訴他。如果我告訴他，我和住在隔壁的單親媽媽走得很近，他一定會笑我。
「啊，還有這個。」
園部說完，遞給我一個很有質感的白色信封。
「這是我的喜帖，我們決定在十月連假時結婚，你會來參加吧？」
「當然。」我在回答時，仍然看著電腦螢幕。

「啊，澤渡哥，我還想請你致詞，那就拜託了。沒想到婚戒貴死了，還沒結婚就要破產了。」

園部說著，走回自己的辦公桌，我忍不住看向自己的左手。也許是因為曬黑的關係，現在幾乎已經看不到戒指的痕跡了。

加完班，我用手帕不停地擦汗，走在熱帶夜晚的回家路上，八點多就回到了公寓。走出電梯時，發現有好幾個人站在船場家門口，門內傳來沙帆的哭泣聲。沙帆哭得很大聲，即使站在門外，也可以聽得一清二楚。哭聲持續不斷，而且不時夾雜著「媽媽，不要」、「不要打我」的聲音。沙帆又不肯刷牙了嗎？我這麼想著，但如果只是刷牙，會哭得這麼悽慘嗎？我平時差不多都搭末班車回家，完全不知道沙帆會在這個時間哭得這麼慘。

我走上前，按了門鈴。我按了一次又一次，一次又一次，但完全沒有反應。我敲著門，小聲地叫著：「船場！船場！」

「我剛才也叫了好幾次，但她都沒出來。」

站在我旁邊的左內太太說。

「每天晚上、每天晚上都這樣，深夜不是也會大聲哭鬧嗎？我懷疑她在虐待小孩，所以打電話通知了社會局。」

通知社會局。我覺得這句話在內心留下了一道傷痕。船場不可能虐待女兒，我忍不住瞪著左內太太，為什麼要把事情鬧大？沒想到其他人聽了左內太太的話都用力點頭。我又敲了敲門，叫了船場的名字，又叫了沙帆的名字，但只聽到沙帆哭得更大聲。

「我回家打電話給她，先這樣吧。」

我不希望事情鬧大。左內太太聽到我說要打電話，雙眼微微發亮。看到聚集在船場家門口的鄰居紛紛回家，我也走進家門，持續打電話給船場，但一直轉接到語音信箱，無論我傳簡訊或是LINE，她都不讀不回。

「如果需要幫忙，請隨時和我聯絡。」

我最後打完這句話，沒有換衣服就倒在沙發上。沙帆的哭聲仍然沒有停止。虐待。怎麼可能？雖然我這麼想，但腦海中浮現了之前看到沙帆大腿上的瘀青。難道那就是……怎麼可能？想著想著，我就睡著了。在半夢半醒之中，聽到有人按門鈴。枕邊的數位時鐘顯示才四點半。沙帆的哭聲停止了。我站了起來，從走廊走到門口，打開了門。船場穿著縐巴巴的白襯衫站在門口，眼睛下面有很大的黑眼圈，平時梳得很整齊的頭髮也很淩亂。

「我……並沒有虐待孩子。」

船場小聲對我說。我緊緊抱著她，打算藉此告訴她，我了解。在我臂彎中的她比想像中更嬌小，我聞到了眼淚的味道，很像之前和沙帆一起去海邊時聞到的味道。我關上了門，在玄關吻了她。她的手很熱，她的嘴唇冰冰涼涼的。正當我打算再次吻她時，遠處傳來了哭聲，哭聲從她家傳來。她倒吸了一口氣，立刻恢復了母親的表情，但她還是再次吻了我，然後抓著我的手臂蹲了下來。

「早知道不該生孩子……」

她用隱約可以聽到的聲音說了這句話，哭了一會兒，然後用手掌擦拭眼淚後站了起來。

「即使這樣，我還是要回去。」

船場勉強擠出了笑容。

她說完這句話，轉身離去。

星期六和隔天星期天都下雨，我除了去超市和洗衣店，都沒有踏出家門。我好幾次去按了船場家的門鈴，都沒有反應，這一陣子甚至沒有聽到沙帆的哭聲。我打了好幾次電話，也傳了訊息，但都石沉大海，週末也回到了認識船場和沙帆之前的生活。我躺在沙發上，忍著太陽穴的隱隱作痛，仍然一直把手機拿在手上，覺得可能隨時會接到聯絡，只不過手機完全沒有震動，我甚至不知道船場和沙帆是否在家。我感受不到有人在隔壁生活的動靜，即使到了晚餐時間，隔壁廚房也完全沒有飄來任何食物的味道。

我不認為和船場之間的關係就像斷了的風箏線般結束，卻有這樣的預感。因為希里子和希穗也這樣從我的眼前消失。

這個預感成真了。那天凌晨在玄關擁抱船場，親吻了她，也是最後一次見到她。

無法再見到她們之後，我仍然持續思考。

萬一沙帆真的遭到船場的虐待，最好的解決方法是什麼？在這棟公寓內，我和她們母女最熟，但總覺得像左內太太那樣，不分青紅皂白就打電話給社會局未免太粗暴了。船場說她並沒有虐待女兒，我希望可以相信她說的話，只要我協助她，是否就可以解決問題？但我只有星期天才能和她們見面，平時幾乎都搭末班車回家，我不認為自己有辦法提供協助，而且希里子也曾經為這個問題向我抗議。我無法協助希里子，每天都工作到深夜（雖然我認為這麼做是為了照顧她們母女的生活），結果希里子愛上別的男人，希穗叫別的男人爹地。我認為這完全是在原地打轉，我一直圍著同一個圓轉圈圈。

中元節後，風和陽光都漸漸有了秋天的味道。

船場母女從這棟公寓消失了即將一個月，星期六下午，我從洗衣店回來時，看到船場母女之前住的房間門敞開著。我不經意地張望了一下，發現完全沒有留下任何她們曾經在這裡生活的痕跡。不知道是否有清潔業者來打掃，進入玄關後的走廊牆壁旁放了一個白色大水桶和拖把。屋內完全沒有紙屑，也沒有灰塵，只是空無一物的白色房間，就連船場和沙帆母女曾經生活在這裡這件事也恍如隔世。我茫然地站在那裡，有人拍了拍我的肩膀。原來是左內太太。

「有一個像是她老公的人來過好幾次，最後好像還是決定一家三口繼續一起生活，不管發生了什麼事，只要能夠破鏡重圓就是最好的解決方法。」

左內太太露出意味深長的眼神看著我，我無法忍受她的視線，走回了房間，把從洗衣店拿回來的袋子丟在地上，沒有洗手就躺在床上。放在牛仔褲後方口袋的手機在響，是FaceTime的來電鈴聲。發生了什麼事嗎？我點了手機螢幕，看到了希穗的臉。她的臉變圓了，越來越不像和我一起生活時的樣子。爹地、爹地，你在哪裡？手機傳來希穗的聲音，彷彿是從這個世界盡頭傳來的聲音。希穗，爹地到底在哪裡呢？妳可以告訴我嗎？爹地在東京，住在日本的東京。希穗用英語回答後，螢幕突然變暗了。

《潮濕的海》映入我的眼簾。我覺得船場和沙帆也進入了這幅畫中。不，不對，是我在這裡，只有我留在這片月球的表面，女人都離開了我身邊，全都消失了。只有我的雙腳陷在溫暖的泥沼中。

隨星逐流

在我讀小學四年級那年春天出生的弟弟叫海海。

每天從學校放學回家，先走去盥洗室，把口罩放進洗衣籃，在盥洗室洗手、漱口，然後再用乾洗手凝露搓手（如果不這麼做，渚阿姨會罵我）。

我走向窗邊的嬰兒床，問了渚阿姨（她是我的新媽媽，從小學二年級春天開始一起生活，到現在已經兩年了，但如果不稍微努力一下，我還沒辦法開口叫她「媽媽」）「可以嗎？」渚阿姨睡眼惺忪地笑著對我說：「可以啊。」

海海剛出生時，長得像地藏菩薩，而且整天都在睡覺，但最近我放學回家時，他通常都醒著。我從嬰兒床的欄杆外側輕輕把手伸進去，伸出手指，海海就會用力握住我的手不放，然後想把我的手指放進自己嘴裡。「不行不行。」我對他這麼說，然後輕輕從他的拳頭中抽出自己的手指。海海轉過頭，看著我笑了起來。我覺得他超可愛。他現在也會發出「啊」或是「嗚」這種沒有意義的聲音，我覺得聽起來就像在唱歌。

「想想，你要吃點心嗎？」

渚阿姨在餐桌旁問我。

「嗯。」我回答的同時坐在椅子上。今天的點心是爸爸做的杯子蛋糕和牛奶。爸爸在車站前開了一家咖啡店，深夜的時候，客人也可以在店裡喝酒，但最近因為新冠疫情的關係，所以不能營業了。

「真是被疫情害慘了。」

這句話是爸爸的口頭禪，每次聽到爸爸說這句話，就覺得他滿臉疲憊，讓我很擔心。加了巧克力和堅果的杯子蛋糕還是爸爸的味道，我覺得爸爸能夠做出這麼好吃的東西，真是太厲害了。

「渚阿姨，呃，不對，媽媽，妳不吃嗎？」我問。

「我生了海海之後，體重一直降不下來，所以要克制一下。」渚阿姨用悅耳的聲音說完，為我已經喝空的杯子裡加了牛奶。渚阿姨的眼睛下面有黑眼圈，和爸爸一樣，滿臉疲憊的樣子。

「今天補習班幾點上課？」

「嗯，是六點半。」

「那我要趕快做便當。」

渚阿姨，妳太累了，而且妳還要照顧海海，我看其他同學也都是買漢堡吃，所以妳不用勉強為我做便當。我很想這麼對她說，卻無法表達內心的想法。

之前我也曾經對渚阿姨說「不用幫我做便當」，但她說：「你正在發育，這怎麼行？」

去補習班之前，我在自己的房間裡寫完學校的功課。我要考私立高中這件事情是親生媽媽決定的，但爸爸很反對，他們還曾經為這件事吵架。

「他現在正是愛玩的年紀，要他去讀補習班，晚上十點多才回家，太莫名其妙了！」我也曾經聽到爸爸這樣對著媽媽吼叫。即使現在，我有時候、真的只是有時候而已，耳邊仍然會響起爸爸和媽媽吵架的聲音。比方說，洗澡的時候，或是學校放學回家的路上。當時我真的很痛苦。每次回想起當時的情況，眼淚就會在眼眶裡打轉，於是我就會用蓮蓬頭的水沖臉。其實我現在也有點痛苦，因為我不能隨時都見到媽媽，我是說我親生的媽媽。

寫完功課後，我把渚阿姨為我做的便當放在去補習班上課的背包中，然後走去車站。每次看到從托兒所放學回家的小男孩，牽著手拿超市購物袋的媽媽走在路上，我就會感到很難過。

爸爸和媽媽為什麼會離婚？我不知道真正的理由，爸爸和媽媽都不告訴我。我也不知道為什麼不能想媽媽的時候就去找媽媽，這件事有時候讓我感到很痛苦。然後就莫名其妙地跟著爸爸，開始和渚阿姨一起生活，不久之後，海海就出生了。我喜歡渚阿姨，也喜歡海海，但是說出心裡話，和喜歡媽媽的心情差太遠了。只不過我不能把這件事告訴任何人。

我搭車程十分鐘左右的電車前往補習班所在的大車站，在即將到車站的大彎道時，有幾棟公寓離電車軌道很近，簡直可以看到那些公寓房間內的情況。我看向其中一個房間，因為陽台上種了一棵很大的發財樹，所以一眼就看到了。以前我、爸爸和媽媽三個人一起生活時，就已經有那棵樹了。媽媽就住在那個房間，但現在房間的燈還沒有亮起。

我每隔三個月左右就會和媽媽見一次面，但除此以外，都沒辦法見到媽媽。我不知道為什麼，雖然我可以在補習班放學後去媽媽家，但是一想到如果我這麼做，爸爸可能又會對媽媽大吼，我就不敢去找媽媽了。

即使這樣，我還是很高興可以在媽媽家附近的補習班上課。我並不喜歡上補習班，有點像是上補習班的目的就是為了能看一看媽媽的房間。

每次上完補習班都很累，好像發燒的感覺。我在回程的電車上也會看媽媽的房間。可以看到窗簾透出蜂蜜色的燈光。你回來啦。我回來了。我在心裡小聲地說。

回到住家附近的車站，爸爸在檢票口等我。

「喔，辛苦了。」

爸爸對我說。我聞到爸爸身上有淡淡的酒味。自從疫情擴散，爸爸的店無法在晚上營業後，爸爸的身上就經常有酒味，晚上在家的時候也都會喝酒。我不喜歡酒的味道，因為以前爸爸和媽媽吵架時，爸爸身上經常有酒味，所以現在聞到時，也會想起當時的事。

「要不要去便利商店？」

每次從補習班回來時，爸爸都會這麼問我。雖然我不想買任何東西，但還是會讓爸爸為我買軟糖或是巧克力之類的東西，而爸爸每次都買啤酒。離開便利商店後，我們一起走路回家。經過鐵軌後，就看到爸爸的店。爸爸停下了腳步。

店裡的燈都暗了，平時放在門外的招牌也收進了店內。咖啡店所在的那條路就像死了般寂靜無聲，隔壁的串燒店和再隔壁的鰻魚飯餐廳也都大門深鎖，整條街道好像正在慢慢死去。

「不知道接下來會變成什麼樣。」

爸爸有點痛苦地說完，停下腳步，打量著咖啡店。我雖然覺得有點害羞，但還是握住了爸爸的手，因為我希望爸爸打起精神。

「你要考私立中學，所以爸爸也要努力。」

爸爸說。他好像在對自己說這句話。

爸爸明明反對我考私立中學（而且還為這件事和媽媽吵架），後來卻開始說這種話，我感到很納悶。我忍不住猜想一件事，搞不好我上補習班的錢是媽媽出的。

因為就連小學生的我也知道，自從疫情變得嚴峻之後，爸爸店裡的生意越來越難做，而且家裡又多了一個海海，以後要養兩個小孩子，家裡不可能有錢，更何況還要繳房貸。

我和爸爸一起回到公寓，輕輕打開門，洗手、漱口、用乾洗手凝露消毒。客廳亮著燈，海海躺在嬰兒床上，渚阿姨在客廳的沙發上睡覺。我走向窗邊的嬰兒床，海海的眼睛睜得大大地看著我。我覺得海海太可愛了。

自然課上學了夏季大三角，那是關於星座的知識。由天鵝座的天津四和天琴座的織女星以及天鷹座的牛郎星組成夏季大三角。

「這個城市應該看不到……不知道天文館能不能看到……但是現在天文館也因為疫情的關係無法開放。」

當老師自言自語地說這句話時，剛好下課鈴聲響了。

雖然已經習慣戴口罩上學和上課，只不過隨著夏天到來，戴口罩真的超悶，但如果不戴口罩就會被老師罵，所以我都只在廁所或是走廊角落拿下口罩深呼吸。

我讀幼兒園時，爸爸和親生媽媽曾經帶我去天文館。即使那是人工的燈，我也從來沒有看過那樣的星空。當天文館內暗下來，滿天的星星好像在下雨，我忍不住「哇啊！」地叫了起來，爸爸和媽媽都噗哧一聲笑了起來。每次想起當時的事，胸口就會一陣疼痛，好像被人捏了一把。

我和在學校唯一的朋友中條在午休時去了圖書室，中條是所有四年級中功課最好的學生。雖然我們在同一家補習班上課，但他讀的是補習班中的資優班，我當然和他不同班。

我們一起坐在圖書室的椅子上看《星座圖鑑》。

「中元節的時候有英仙座流星雨，一個小時就可以看到一百顆左右的流星。」

「中條，你什麼都知道，你看過流星嗎？」

「嗯，去年暑假的時候去長野看的，我……和爸爸一起露營。」

中條在說「和爸爸一起」時有點吞吞吐吐。中條家和我家一樣，爸媽也離了婚。這是無法對班上其他同學公開的秘密，我們也因為這個原因成為好朋友。中條目前和他媽媽一起生活。

「今年也會去。」

「真好……」

無論是中條和媽媽住在一起，還是和爸爸一起去露營，都讓我發自內心感到羨慕。

「中條，我問你，你可以和爸爸說話嗎？」

「嗯？什麼意思？」

「你可以隨時聯絡你爸爸嗎？」

「嗯，我隨時可以打電話給他，只是他白天在上班，所以我不會打給他，我們也互加了ＬＩＮＥ。」

「是喔。」

我很驚訝。我不知道爸爸和媽媽怎麼聯絡，但每次都是爸爸告訴我和媽媽見面的日子，我沒辦法自己聯絡媽媽。這件事讓我感到難過，也有點心煩。

「真羨慕。」

我對中條說。

「你可以拜託你爸爸看看，這是小孩子的正當權利。」

中條用中指用力推著眼鏡說。

「原來是小孩子的正當權利。」

中條懂得真多。聽他說了之後，我覺得很有道理，不能隨時聯絡親生媽媽真的有點奇怪。這天放學後，我背著書包走回家時，緊張地思考著改天要不要和爸爸談一談這件事。

公寓大門的門禁系統自動門鎖打開，我走向電梯廳，感受著冷氣冰涼的空氣。我當然有家裡的鑰匙，所以像往常一樣用鑰匙打開了門鎖，但是門只能打開一條縫。原來是上方的防盜扣鎖住了，但這就代表渚阿姨和海海在家……我六神無主。

「渚阿姨。」我從門縫中叫了好幾次，但不知道渚阿姨是不是睡著了，所以沒有回答，也聽不到海海的聲音。

「渚阿姨。」我叫了好幾次，房間內完全沒有動靜，當然也聽不到爸爸的聲音。啊！我若有所悟，然後用力吐了一口氣。

「媽媽。」我又叫了一次。

但是無論叫幾次都一樣，完全沒有任何反應。我只好放棄，關上了門。以前從來沒遇過這種情況。溫柔的渚阿姨不可能把我關在外面，我猜想應該是和海海一起睡熟了。

要不要去爸爸的咖啡店？雖然我的腦海閃過這個念頭，但我不想在爸爸白天忙碌的時候去打擾。無奈之下，我只好搭電梯回到一樓，坐在門廳的沙發上等待。有時候會有小孩子在這裡的沙發上玩耍，所以即使我坐在那裡，經過的人也不會用奇怪的眼神看我。

我從書包裡拿出今天在圖書室借的《星座圖鑑》翻閱起來，但是開始擔心起渚阿姨和海海是不是出了什麼事，是不是該叫救護車或是報警？我越想越坐立難安，但我的手機也放在家裡，是不是該告訴管理員？

我在為這個問題煩惱時，門禁系統的自動門打開了。

一個駝背奶奶推著菜籃車走了進來，黃綠色的芹菜葉從菜籃車探出頭。這個奶奶比我的阿嬤（爸爸和媽媽的媽媽，還有渚阿姨的媽媽）年紀更大，一頭白髮用像是頭巾布一樣的花布包了起來，耳朵上戴了有很大石頭的耳環，一副大鏡框眼鏡讓她的眼睛看起來特別大，滿是皺紋的手指指尖擦著鮮紅色指甲油。她打扮得很花俏，和我認識的那些阿嬤都不一樣，但我以前從來沒有見過她。老奶奶目不轉睛地看著我，讓我感到很不自在，她的視線停在我打開的書包上。

「你在這裡幹什麼？」

奶奶口齒清晰地問我。

「那個、那個、因為門打不開……」

「有人在家嗎？」

「對。」

「那就太奇怪了，要不要我陪你去看看？」老奶奶話還沒有說完，就把菜籃車放在一樓最角落的房間門口（我猜那是她家），然後走向電梯廳。我慌忙抱著書包跟了上去，我們一起走進電梯。

「是哪一戶？」

我報上了戶號，奶奶用手上的鑰匙按了五樓。我不由得緊張起來。老奶奶走出電梯後，毫不猶豫走向我家，然後按了門鈴。屋內還是沒有回應。我用鑰匙打開了門，門上的防盜扣仍然鎖著。

「渚阿姨？」我大聲叫著。

「咦？不是媽媽嗎？」奶奶問。我慌忙對著門縫叫著：「媽媽。」但屋內仍然沒有人回答。這時，奶奶用拳頭用力敲門，整個走廊上都迴響著咚咚的敲門聲，我瞪大了眼睛。這時，房間內隱約傳來了聲音，我從門縫向內張望，渚阿姨一臉沒睡醒的樣子沿著走廊走了過來。

「渚阿姨！」

我的聲音快哭出來了。

「你這麼大聲敲門，會把海海吵醒。」

渚阿姨面帶慍色打開了門，我以前從來沒有見過她這種表情。她的頭髮很亂，黑眼圈很重，吃早餐時夾住瀏海的夾子仍然在頭上，但她還是為我開了門。

我回頭看向後方，老奶奶在電梯內看著我。我慌忙鞠躬向她道謝。我走進家門後，渚阿姨重重地倒在沙發上。我走去盥洗室洗手、漱口、用乾洗手凝露消毒，然後走向嬰兒床。

「不行！他好不容易才剛睡著！」渚阿姨尖聲叫了起來。我也是第一次聽到渚阿姨用這種語氣說話，所以嚇得差一點跳起來。

認識渚阿姨以來，即使同住在一個屋簷下之後，她也從來沒有對我說過「不行」這兩個字。渚阿姨，剛才防盜扣鎖住了。我很想告訴她，但覺得自己無法說清楚，而且也擔心她又會罵我。

「我原本還以為嬰兒整天都會乖乖睡覺……」

渚阿姨說完，把臉埋進沙發的抱枕中。她是不是哭了？這麼一想，又忍不住害怕起來。但是不一會兒，就聽到她發出均勻的鼻息聲。我躡手躡腳走向嬰兒床，海海也睡得很熟，感覺好像沒有在呼吸，但眼角有淚痕。真可愛。我忍不住想，但又擔心他是不是還活著，於是就把手指放在他的鼻子下方。手指感受到他可愛的鼻息，我鬆了一口氣，蹲在原地。渚阿姨說得沒錯，海海才剛睡著，所以渚阿姨忘了把防盜扣打開。我這麼告訴自己。

渚阿姨和海海一直到傍晚都沒有醒。我要去補習班上課了，今天的便當怎麼辦？但渚阿姨睡得這麼熟，我不忍心把她吵醒。算了，今天就吃漢堡吧。我這麼想著，從渚阿姨的皮夾裡借了一千圓。我打算回來之後，把找零的錢還給她，完全沒想到竟然因為這個原因，導致晚上出了大事。

「竟然沒有做便當就讓他去補習班，未免太離譜了！」

深夜時分，客廳傳來爸爸大吼的聲音，把我吵醒了。

「我已經累壞了！」

渚阿姨的聲音中夾雜著海海大哭的聲音。

「不要吵了！」

我衝出自己的房間，對著站在客廳中央的爸爸和渚阿姨大叫著。

我很想哭。又來了。大人又在吵架。

「想想，你回自己的房間。」這句話也和以前一樣。

「沒有向我說一聲就從我皮夾裡拿錢才有問題吧？」

我這才想起忘了告訴渚阿姨，我從她皮夾裡拿了錢，也忘了把找零的錢還給她。

「都是我的錯，我不應該忘記告訴渚阿姨，我從她的皮夾裡拿了錢。」

我哭了。雖然已經是四年級的學生了，但我仍然哭得像個小孩子。爸爸把我趕回自己房間，用力關上了門。海海在哭，爸爸和渚阿姨吵架的聲音持續不斷。最近晚上都這樣，即使我沒有惹事，他們也經常爭吵，難怪渚阿姨和海海都睡不好，所以渚阿姨才會睡迷糊，忘了我下午會回來。一定就是這樣。我用雙手摀住自己的耳朵。為什麼我家總是這樣……？

隔天之後，即使我放學回家，也無法再打開門。

渚阿姨一定是為了照顧海海太累了，所以才會睡得那麼熟。我這麼告訴自己，然後又坐在公寓的門廳看書等待。因為只要傍晚五點過後，門就會打開，好像什麼事都沒發生過。我隻字不提這件事，只是說一聲「我回來了」，然後走進家門，但總覺得渚阿姨的態度有點冷淡。我在家的時候，她一定無法好好睡覺。因為我很吵，還會把海海吵醒。我想了很多理由，但總覺得有疙瘩，因為我覺得渚阿姨明明是大人，卻像小孩子一樣。

也許我去爸爸的店裡等比較好，但爸爸知道渚阿姨不讓我進家門，他們又會吵架。

接下來的好幾天都這樣。

「又是你！」

回頭一看，上次的奶奶站在那裡。

「要不要我陪你回家？」奶奶問我，我立刻制止了她。

「因為弟弟半夜一直哭，媽媽都不能睡覺，所以我想讓他們白天多睡一會兒，我在這裡等到傍晚就好。」

「小孩子不要說這種大人話！」

奶奶有點生氣地說道，但隨即輕輕咬著嘴唇，好像有點後悔自己說這句話，接著把手放在太陽穴思考起來。她的指甲擦了帶有一點藍色的粉紅色指甲油。

「……那算了，要不要去我家等？」

「啊？啊？」我納悶地問道，奶奶抓住了我的手臂。我擔心一旦去奶奶家，事情又會變得很複雜，但奶奶的力氣很大，我被她一路拉到她家門口。她打開門，掛在門上的鈴鐺發出叮鈴鈴的聲音。

奶奶一把拿下我背著的書包，然後把書包放在走廊上。走進客廳後，我聞到了某種濃烈的味道，但並不是難聞的味道。

奶奶家比我家小，客廳中央放了一張大木桌，上面堆了很多舊書，幾乎快倒下來了。牆壁前都是書架，前面有好幾幅沒畫完的畫。我猜想是油畫，原來是油畫顏料的味道。我看了看畫到一半的畫（畫布上塗滿了黑色，完全不知道在畫什麼），然後又看向書架。奶奶對我說道。

「你想看哪一本都可以，但是不能借你。」

「請問我可以洗一下手嗎？」

「喔，對喔，這年頭真麻煩。」

奶奶說完，走向盥洗室，我跟在她身後，兩個人一起洗了手。當我用手接水漱口時，奶奶不知道從哪裡拿來一個大象圖案的塑膠杯，杯子上用麥克筆寫著「三四郎」的名字。

「這是外子生前用的。」奶奶用一臉嚴肅的表情說。我知道「外子」就是奶奶的丈夫。我又走回書架前。

「你喜歡看書嗎？」

「對。」雖然我這麼回答，但這裡似乎沒有我看得懂的書。有些書脊已經發黑，根本看不清書名，而且有很多英文書。奶奶見狀後對我說道。

「大部分都是三四郎的書，他死之後，留下這麼多書。」

奶奶在說話時走向廚房，不一會兒，拿著銀色托盤走了回來，示意我坐在沙發上。

「你就喝杯紅茶慢慢等，還有餅乾。」

「謝謝。」我道謝後，拿起有很多小花的紅茶杯喝了一口。
紅茶已經加了砂糖和牛奶，我覺得很好喝。甜甜圈形狀的小餅乾雖然有點受潮了，但也很好吃。
奶奶不再理會我，拿起畫筆坐在畫布前。原本以為畫布上是一片漆黑，但其實下方有鮮紅色的火焰翻騰。
「我在畫那天夜晚的天空。」
我什麼都沒問，奶奶主動對我說。
「那天夜晚的天空？」
「……對，這是戰爭結束那一年，東京大火那天晚上。」
我雖然知道日本曾經發生過戰爭，但對我來說太遙遠了。奶奶可能發現我沒有吭聲，把臉湊到我面前小聲地說。

「丟了很多燒夷彈，東京的下城區全都燒得精光。」

「……燒夷、彈？」

奶奶聽了我的發問，又拿出另一幅畫。銀色的飛機好像毛毛蟲肚子的地方敞開著，有很多像樹枝般的東西從天而降。

「簡直就像在下火雨，燒夷彈掉落的地方全都燒起來了。」

奶奶說完，脫下襪子給我看她的腳。她腳踝的皮膚有一片像燒傷疤痕般縮了起來，但看起來是很久以前的傷痕。

「我記得是和你差不多年紀的時候……這就是當時留下的。」

「……」

我一時語塞，但還是問奶奶。

「請問，妳為什麼要畫這種畫？」

「……」

這次輪到奶奶說不出話。我似乎問了不該問的問題，忍不住緊張起來。

「我也不知道為什麼，只是覺得如果現在不畫下來，大家都會遺忘。」

奶奶說話時，畫筆又在畫布上繼續畫了起來。我不想打擾奶奶畫畫，於是坐在她身後的沙發上，看著從圖書室借來的《星座圖鑑》。奶奶也不再說話，我不時看向畫布，默默看著逐漸完成的畫。

傍晚五點時，我回家了。

防盜扣已經打開，我就像剛從學校回家般說了聲「我回來了」，渚阿姨睡眼惺忪地小聲對我說：「你回來了。」我當然沒有把佐喜子奶奶（我回家的時候，奶奶叫我不要叫她奶奶，告訴了我她的名字）的事告訴渚阿姨，因為一旦說了，又會像上次一樣惹麻煩。去補習班上課之前，我都在自己的房間內，也沒有靠近正在嬰兒床上睡覺的海海。準備去補習班時，渚阿姨冷冷地把便當遞給我。

「……謝謝。」渚阿姨在聽了我的道謝後，露出了一個很不自在的笑容。

即使這樣，起初每天放學後，我仍然會先回家一趟，確認防盜扣有沒有打開，但每次都發現仍然鎖著。唉。我嘆了一口長長的氣後，再去佐喜子奶奶家。佐喜子奶奶都會為我準備受潮的餅乾、巧克力或是糖果等各種零食給我當點心，我猜想她可能是特地為了我去買這些零食，忍不住有點喜孜孜的，因為這代表佐喜子奶奶並不討厭我去她家。我每次都坐在老舊的沙發上看從圖書室借回來的書，佐喜子奶奶繼續畫畫，我們很少聊天。我不時看向佐喜子奶奶慢慢完成的畫，時間到了，就回自己家。

「我問你，東京以前曾經因為戰爭發生大火嗎？」

我在圖書室內問中條。

「嗯，對啊，就是東京大空襲。」

中條了不起的地方，就是不會對我露出「你怎麼連這種事都不知道」的表情。

中條在書架之間走來走去，為我找了一本書。這本《東京大空襲》是針對兒童的漫畫，中條翻著漫畫，然後把其中一頁出示在我面前。飛機，不，是轟炸機。在東京投下很多炸彈的轟炸機叫B29。和佐喜子奶奶畫的一樣，B29敞開肚子，對著整個城市投下很多細長形的炸彈。在寫著「整個城市在轉眼之間就變成一片火海」這句話的場景中，大人和孩子在一片火海中痛苦掙扎，我覺得很可怕，然後想起了佐喜子奶奶燒傷的痕跡。原來十歲左右的佐喜子奶奶曾經在這片火海中……想到這裡，我的腳也好像被燒到一樣隱隱作痛。

「一個晚上就死了超過十萬人。」

「啊？死了這麼多人？」

「戰爭就是這麼一回事。」

中條冷靜沉著地說。

「好可怕。」

我在說這句話的同時，覺得自己的感想很蠢。

「但是現在不是也和戰爭差不多嗎？」

「啊？」

「雖然不再戴防空頭巾，但戴上了口罩。」中條說話時，指著書上的某個地方。

「那我們的敵人是誰？」

「應該就是新冠肺炎這個未知的病毒，全世界有超過五百萬人都死於這種病毒。」

「……這樣啊。」雖然我這麼回答，但其實不太理解中條想表達的意思。

因為病毒根本看不到，而且我周遭也沒有人因為新冠肺炎去世，所以我認為曾經燒死很多人的B29不是更可怕嗎？

那天晚上，我作了惡夢。

夜空中有許許多多B29，雖然我從來沒有聽過空襲警報，但遠處傳來像火警時的鳴笛聲。我戴著防空頭巾，和家人走散了，獨自在人群中被推來推去。我避開燒起來的地方走在路上，但身旁的房子和人都燒了起來，我在夢中感受到火燒的灼熱。爸爸、渚阿姨和海海都不知道去了哪裡，我一個人該怎麼辦？海海平安無事嗎？這時，我看到了熟面孔。是媽媽。只有媽媽穿著以前的……不，媽媽穿著現在的衣服，頭上也沒有包防空頭巾，快步走在路上，好像要去上班。燒夷彈從媽媽上方掉落，媽媽的身體都燒了起來。

「媽媽！媽媽！」

我流著淚大叫著，然後就醒了過來。

不知道是否因為我叫得太大聲了，房間門打開來，爸爸走向我的床邊。

「想想，你怎麼了？」

爸爸坐在我的床上，客廳傳來海海的哭聲，他哭得很大聲，簡直就像鳴笛的聲音。

「我想媽媽。」

我說的媽媽當然不是渚阿姨。爸爸也很快意識到這件事，他摸著我的頭說道。

「這個星期天不是就可以看到媽媽了嗎？」

「我想更常常看到，更常常看到媽媽……」

我像小孩子一樣哭了起來。

爸爸一臉為難的表情看著我，但這是我的真心話。

「想想！」

我來到老地方的那個公園，站在有天鵝船的湖邊，看到身穿白襯衫的媽媽在遠處向我用力揮手。

「媽媽！」我大聲叫著媽媽，媽媽也張開雙手跑向我。我撲進媽媽的懷抱，媽媽身上的香味和以前生活在一起時一樣。

我就像小孩子一樣，餵湖裡的鯉魚，也央求著要坐天鵝船。我和媽媽坐在一起划船，我一口氣把中條的事、中條的爸爸可能會在夏天帶我一起去露營的事告訴了媽媽，但我沒有提渚阿姨和海海的事，當然也沒有說我每天都會去佐喜子奶奶家，等到傍晚五點才回家。

「想想，聽說你很認真上補習班。」

「啊？」

「爸爸在電話中告訴我的。」

我完全不知道爸爸向媽媽說了這些事，所以很驚訝。

「嗯，但是我……讀普通的中學就好，其他朋友也都讀那裡……」

「你功課很好，這樣太可惜了。」

媽媽在說話時，用手帕擦了額頭上的汗，然後用力划船。我們只能划三十分鐘，我很想一直、一直和媽媽在湖裡划船，然後就想到晚一點就要離開媽媽，心情沉重起來。

下船之後，我和媽媽牽著手，一起走向媽媽位在電車鐵軌另一端的租屋處。媽媽和我、爸爸分開之後，一個人住在那棟公寓的套房。我立刻走去陽台看那棵發財樹，發財樹比我和爸爸、媽媽一起生活的時候，比我在電車上看到的更大、更大，我拿起放在陽台角落的澆水器為發財樹澆了水。

廚房飄來香噴噴的味道，媽媽把做好的菜一盤又一盤地放在桌上。漢堡排、薑汁燒肉、炸雞……全都是我喜歡吃的菜。原本以為根本吃不下這麼多，但最後吃到肚子快撐破了。

吃完晚餐，我和媽媽一起玩了撲克牌。我們每次都用撲克牌玩記憶遊戲，媽媽的眼睛就像貓的眼睛一樣發亮。媽媽和我玩遊戲時從來不馬虎，就像小孩子一樣。我瞥了一眼牆上的時鐘，我差不多該走了。我突然感到寂寞，忍不住說道。

「我想和媽媽住在一起……」

我故意說得好像是自言自語。媽媽停下手，然後伸手溫柔地捏了我的臉頰。媽媽重新坐好，正視著我說道。

「想想……因為爸爸和媽媽的因素變成這樣，對不起……你是不是很痛苦？」

「沒有……」

我實在無法把傍晚之前都無法回家的事告訴媽媽，一旦說了，媽媽就會擔心。

但是，我為什麼不能和媽媽住在一起，要和爸爸一起生活？為什麼我要和媽媽分開？我不知道真正的理由，爸爸和媽媽也從來不告訴我，只是突然就和爸爸、渚阿姨三個人生活在同一個屋簷下。說句心裡話，我很怕問爸爸、媽媽到底是什麼原因分開，而且即使我問了，我覺得他們也不會告訴我。

「但是，如果不能和媽媽住在一起，至少希望可以更常見到媽媽……」

媽媽撫摸著我的頭，我喝了一口變溫的麥茶。

「媽媽現在很努力工作，經常連週末都沒有休息。自從和爸爸一起生活，生下你之後，媽媽不是一直在家裡嗎？所以現在還無法完全適應工作，必須比其他人更加、更加努力……」

我知道媽媽和爸爸結婚之前是護理師，雖然不了解詳細的工作內容，但每次和媽媽見面，她經常看起來很疲憊，所以我知道媽媽的工作一定很辛苦。

「想想，你聽我說，我希望等到你讀大學的年紀，我們就可以一起生活，所以現在會讓你感到寂寞，對不起……媽媽會更加努力工作，等到那一天到來。」

「啊？我以後可以和媽媽一起生活嗎？」

「……只要你爸爸同意……」

媽媽的聲音突然變得很小聲，我有點不安。如果我和媽媽一起生活，爸爸會怎麼樣？我好不容易有了弟弟海海……我越想越不安，就像不倒翁玩具彌次郎兵衛，在爸爸和媽媽之間搖擺不定。這時，耳邊突然響起中條說的那句話「這是小孩子的正當權利」。雖然我不了解什麼大道理，但我覺得以後要問清楚爸爸和媽媽分開的理由，但很久、很久很久以後再問也沒關係。

「但是，我可能也不想和海海分開。」

媽媽聽到我這麼說，露出了哭笑不得的表情。我一下子說要和媽媽一起生活，一下子又說不想和海海分開，我越是說出自己內心的想法，媽媽就越無所適從。當初決定和媽媽分開時，我明明就已經領悟到這一點了，但看到媽媽，還是忍不住說出了真心話。明明在那時候就已經決定，絕對不要對大人說真心話，但不知道為什麼，我想要為難媽媽。

也許未來可以和媽媽一起生活。我雖然為這件事感到高興，但也害怕去想萬一這樣的未來無法實現。

「我要回家了。」

「回家」這兩個字或許也會傷媽媽的心。不，一定會傷害媽媽。如果問我想不想回家，我會回答「不想」，但是如果不回家，爸爸會擔心。媽媽說要送我去車站，我說可以自己回家。

「但是，我會在電車上向媽媽揮手，所以媽媽也要在陽台上向我揮手。」

我說完這句話，就向媽媽道別。我站在可以看到媽媽公寓的車門旁，電車很快就發車了，我看到了媽媽的公寓。昏暗的陽台上，可以看到媽媽和發財樹的輪廓。我不顧旁邊有人，拚命揮著手。我知道媽媽也在揮手，但是即使再怎麼瞪大眼睛，也看不到媽媽臉上的表情。

我覺得佐喜子奶奶的畫可能已經不知道怎樣算是完成了。

只有黑暗夜空的黑色塗得很厚、很厚。

我坐在沙發上看著《夏季星座的故事》，不時看向佐喜子奶奶的畫。那是在希臘神話中成為大力士英雄海克力斯的故事，海克力斯有一根很粗的棍棒，他用雙手掐死了吃人的獅子，把獅子的毛皮披在身上。我闔起書，問佐喜子奶奶。

「請問……」

「什麼事？」

佐喜子奶奶並沒有停下畫筆。

「那天晚上，在東京大空襲的那天晚上，可以看到星座嗎？」

「……」

佐喜子奶奶什麼話都沒說，用畫筆指著畫布說。

「我想星座應該在這片火海的上方閃耀著星光。」佐喜子奶奶單手拿起紅茶杯，好像在喝酒般喝了一口，「但星座可能也因為火焰的灼熱和熱度散開了，就像這樣。」

漆黑的夜空中可以看到幾顆星星，的確形成了星座的形狀，但連結的線好像熔化了一樣垂了下來，畫面上有很多縱向的白線。

「……」

想到許多人被這片灼熱的火海燒死，我說不出話。如果那天晚上，佐喜子奶奶也被燒死，她現在沒有在我眼前，我被渚阿姨鎖在門外時，到底會在哪裡……漫長的歲月流逝、許多人的痛苦和這個世界上的巧合都進入了我的身體，我感到頭暈目眩，慌忙喝了甜甜的紅茶，咬著餅乾。

佐喜子奶奶摸著我的頭，在我身旁坐了下來。我們默默看著她的畫。黑暗的夜空、B29丟下的無數燒夷彈、熊熊燃燒的城市，以及熔化散開的星座。我這輩子都不會忘記這幅畫。

「好了，終於完成了……我可以了無罣礙地去養老院了。」

「養老院？」

「我要去住有許多爺爺、奶奶生活的地方。」

「呃……那這幅畫怎麼辦？」

「沒有人想看我這種業餘畫家的畫，這種畫也沒有任何價值……」

我打量著眼前許許多多的畫布，幾乎全都是黑暗的夜空，但角落有一幅藍天的畫。我來佐喜子奶奶家，第一次看到這幅畫。

「那妳為什麼畫這些畫？」

「因為不希望自己忘記……到了我這種年紀，記憶會漸漸淡薄……所以，這是為我自己畫的。」

「我以後不能再來這裡了嗎？」

「……」

佐喜子奶奶沉默片刻，屋外傳來鴿子的叫聲，應該是從陽台傳來的聲音。

「如果我離開的話……所以，我會和你的爸爸、媽媽談一談你的事。」

佐喜子奶奶說話時站了起來，拿著我剛才看到的那幅藍天的畫走回沙發。

「這是戰爭結束的那一天，燒夷彈不再從天而降，陽光照耀大地。我在那一天才終於發現蟬在叫。」

畫布上畫著一片藍天，還有正午的白色月亮和不知道要飛去哪裡的蟬。

「在那個黑夜，我失去了父母和妹妹……但是，無論再怎麼痛苦，只要活著，就會有好事發生。」

雖然佐喜子奶奶這麼對我說，但我總覺得她其實是在對自己說這些話。

「你可以向我保證，無論再怎麼痛苦，都不可以放棄繼續活下去。雖然總是小孩子承受痛苦，但是只要活下去，就一定會有好事發生……我很慶幸在這裡遇見你，雖然以後可能會忘記，但我會努力不要忘記你。」

佐喜子奶奶說完，向我伸出了滿是皺紋的小拇指。我用自己的小拇指勾住了她的手指，然後淚水忍不住流了下來，我在佐喜子奶奶的腿上哭了起來。牆上的時鐘指向傍晚五點，我向佐喜子奶奶要了面紙，擤了鼻涕說道。

「我要回家了。」

嗯。佐喜子奶奶默默點了點頭。

「想想！」爸爸抓著我的肩膀用力搖晃，「你去了哪裡？我擔心死了！」

「不是……我在佐喜子奶奶家。」

我說完這句話，站在我身後的佐喜子奶奶走到爸爸面前說。

「這孩子因為無法回家不知所措，所以我就讓他在我家等。」

爸爸看向身後，抱著海海的渚阿姨也和爸爸一樣，露出一臉生氣的表情。

「真是不好意思……很抱歉，給妳添麻煩了。」

爸爸說完，把我拉進家裡。我希望爸爸好好向佐喜子奶奶道謝，但爸爸馬上關上了門。我不希望爸爸覺得佐喜子奶奶有問題，是一個奇怪的人。

「奶奶看到我一直沒辦法進家門，所以才幫我。」

「一直沒辦法進家門，你從什麼時候……」

「……」我沒有說話，爸爸看著渚阿姨的臉。

「不，爸爸，不是渚阿姨的問題。海海晚上都會哭泣，所以渚阿姨白天起不來……」

我注視著走廊的角落說。爸爸和渚阿姨相互瞪著對方，海海可能察覺到爸爸、媽媽都充滿殺氣，在渚阿姨的臂彎中扭著身體放聲大哭。家裡只聽到海海大哭的聲音，空氣變得越來越沉重。我很想用一個很大的電風扇把這種空氣吹走。

到了要去補習班的時間，我走出自己的房間，爸爸遞給我一個紙包說。

「今天的便當就吃爸爸店裡的東西湊合一下。」

去補習班之前，我走去一樓角落，按了佐喜子奶奶家的門鈴，但沒有反應。我試了好幾次，都沒有人應答。

那天晚上，除了海海的哭聲，渚阿姨婉轉綿長的哭聲也不絕於耳。深夜時分，渚阿姨好像來到我的床邊說。

「想想，真的對不起，真的很對不起……」

但我不知道這究竟是夢還是現實。

那天之後，我在補習班吃的晚餐都是爸爸店裡的食物，防盜扣也不再鎖上。雖然我放學後可以回家，但每次都瞥了海海一眼之後，去補習班之前，都一直在自己的房間。有一天，渚阿姨走進我的房間對我說。

「想想，真的對不起，真的很對不起……」

這次是現實。

「媽媽，妳並沒有做錯任何事。」渚阿姨聽了我的話，放聲大哭起來。我手足無措，也許是因為我第一次毫不猶豫地叫渚阿姨「媽媽」。

去補習班時，我在電車上看向媽媽住的家。燈果然還沒亮。我不知道和媽媽一起生活的未來會不會到來，也許是無法成真的未來，但我很希望自己可以變得更加、更加堅強，即使等不到這樣的未來也沒關係。因為只要活著，就會有好事發生。耳邊響起佐喜子奶奶之前對我說過的話。

上完補習班回家時，爸爸站在檢票口等我。爸爸沒有說話，我們一起走在商店街，爸爸突然對我說道。

「你坐在我的肩膀上。」

「不要。」雖然我拒絕，但爸爸很堅持。

我很擔心被同學看到，但還是輕輕坐在爸爸肩上。商店街鈴蘭造型的燈就在我的頭上方，每一盞燈就像是從天上掉下來的月亮。

下方傳來爸爸的聲音，他剛才一直默不作聲。今天爸爸身上沒有酒味，這一陣子都這樣。

「渚第一次、媽媽第一次生孩子，身心都有點疲憊……所以她會回娘家住一段時間。」

「海海也去嗎？」

我低頭問爸爸。

「海海也會去。」

「他們過一陣子就會回來嗎？」

「只要休息一陣子就馬上會回來……」

爸爸說完這句話，又陷入了沉默。我也不發一語，坐在爸爸的肩膀上搖晃。

「想想，無論是爸爸、媽媽離婚的事，你不能和親生媽媽同住的事，還有渚的事，爸爸都沒有顧慮到你的心情，對不起。」

爸爸用力握住我的雙腳，他的手比佐喜子奶奶的小拇指更溫暖。

「爸爸……」

「嗯？」

「我很喜歡渚阿姨，不，是媽媽，也很喜歡親生媽媽和海海。」

爸爸停下了腳步。我們已經走過商店街的熱鬧路段，來到了經過鐵軌的小路，周圍的人一下子變少了。

「那個奶奶叫佐喜子奶奶，我也很喜歡她，因為她曾經幫過我。」

我在說話時，想起了佐喜子奶奶。那天之後，我就沒再看到過她，她已經去了那個叫養老院的地方嗎？

「我也喜歡爸爸，我身邊都是我喜歡的人。」

「嗚！」爸爸聽了我的話，嘴裡發出了奇怪的聲音。我慌忙低頭看爸爸，爸爸用力閉著眼睛，像小孩子一樣用手臂用力擦拭眼睛周圍。我慌忙指著天空說道。

「啊，就是那個。爸爸，那一定就是織女星。」

雖然我沒有自信，但還是這麼說。

織女星很快就被飄來的黑雲遮住，看不見了，但我很慶幸星星沒有像佐喜子奶奶經歷的那天晚上一樣被火焰熔化。雖然中條說，新冠肺炎和戰爭一樣，但至少這裡目前沒有燒夷彈從天而降。即使被雲遮住了，連結星星和星星的線雖然用肉眼無法看到，卻牢牢地連在一起，維持了星座的形狀。我的家人也一樣。

「真希望暑假可以去哪裡看星星。」

雖然因為疫情的關係，可能無法如願，但我對爸爸這麼說。

「我們父子偶爾出門走走也不錯……好，我們來想一下要去哪裡。」

爸爸說完，快步走了起來。坐在他肩上感受到的震動癢癢的，我忍不住笑了起來。

我坐在爸爸肩膀上，向夜空伸出了手。

雲散開了，織女星又在天空中閃閃發光。我用手掌抓住織女星，放進嘴裡，吞進了肚子。星星已經被我吃下去了。

然後，我又想到了渚阿姨、媽媽、海海和佐喜子奶奶。

我在內心默默發誓，等到渚阿姨回家時，我要大聲對她說——

「媽媽，妳回來了。」

國家圖書館出版品預行編目資料

在夜空中綻放星星／窪美澄 著；王蘊潔 譯.--
初版.--臺北市：皇冠，2023.7 面；公分.
--（皇冠叢書；第5102種）（大賞；149）
譯自：夜に星を放つ

ISBN 978-957-33-4039-3（平裝）

861.57　　112009082

皇冠叢書第5102種
大賞149

在夜空中綻放星星

夜に星を放つ

YORU NI HOSHI WO HANATSU by KUBO Misumi
Copyright © 2022 KUBO Misumi
All rights reserved.
Original Japanese edition published by Bungeishunju Ltd., in 2022.
Chinese (in complex character only) translation rights in Taiwan reserved by Crown Publishing Company, Ltd. under the license granted by KUBO Misumi, Japan arranged with Bungeishunju Ltd., Japan through Bardon-Chinese Media Agency, Taiwan.

作　　者—窪美澄
譯　　者—王蘊潔
發 行 人—平　雲
出版發行—皇冠文化出版有限公司
台北市敦化北路120巷50號
電話◎02-27168888
郵撥帳號◎15261516號
皇冠出版社（香港）有限公司
香港銅鑼灣道180號百樂商業中心
19字樓1903室
電話◎2529-1778　傳真◎2527-0904
總 編 輯—許婷婷
責任編輯—張懿祥
美術設計—之一設計／鄭婷之
行銷企劃—蕭采芹
著作完成日期—2022年
初版一刷日期—2023年7月
初版二刷日期—2023年12月
法律顧問—王惠光律師
有著作權・翻印必究
如有破損或裝訂錯誤，請寄回本社更換
讀者服務傳真專線◎02-27150507
電腦編號◎506149
ISBN◎978-957-33-4039-3
Printed in Taiwan
本書定價◎新台幣420元／港幣140元

● 皇冠讀樂網：www.crown.com.tw
● 皇冠Facebook：www.facebook.com/crownbook
● 皇冠Instagram：www.instagram.com/crownbook1954
● 皇冠蝦皮商城：shopee.tw/crown_tw